UNE ROSE POUR MO

L'auteur

Née à Rabat, au Maroc, **Anne-Marie Pol** a eu une enfance et une adolescence voyageuses. Cette vie nomade l'a empêchée d'accomplir son rêve : être ballerine. Elle a vécu en Espagne où elle a travaillé comme mannequin pendant une dizaine d'années. En 1980, de retour à Paris, après des études théâtrales à la Sorbonne, elle se décide à réaliser un autre grand rêve : écrire. Son premier roman paraît en 1986. Depuis, elle a écrit de nombreux livres, dont certains sont maintenant traduits en plusieurs langues. Ses ouvrages sont publiés chez Bayard Éditions, Mango, Flammarion, Hachette, Grasset.

**Vous êtes nombreux à nous écrire
et vous aimez les livres de la série DANSE !
Adressez votre courrier à :
Pocket Jeunesse, 12, avenue d'Italie, 75013 Paris.
Nous vous répondrons et transmettrons
vos lettres à l'auteur.**

Danse !

Anne-Marie Pol

Une Rose pour Mo

2e édition

POCKET jeunesse

Nous remercions de tout cœur Janine Stanlowa qui nous a très amicalement ouvert les studios de son école, l'Institut international Janine Stanlowa, pour y planter le décor des couvertures de DANSE ! Merci aussi à ses élèves qui ont eu la gentillesse d'en interpréter les personnages.

Malgré leurs noms de famille empruntés à l'histoire du ballet, les personnages de ce roman sont fictifs. Toute ressemblance entre eux et des personnes existant, ou ayant existé, est le fruit du hasard.

© 2000, éditions Pocket Jeunesse,
département de Havas Poche
ISBN : 2-266-09983-3

Loi n° 49 956 du 16 juillet 1949 sur les publications
destinées à la jeunesse : mars 2000

Tu danses,
tu as dansé,
tu rêves de danser...
Rejoins vite Nina et ses amis.
Et partage avec eux
la passion de la danse...

Pour Sonia Aguilar

Résumé de DANSE ! nº 6 :
Pleins feux sur Nina

Le tournage à l'école Camargo d'un téléfilm, Le Tutu déchiré, *a été un moment très fort dans la vie de Nina. Il lui a permis de faire la connaissance d'Éva Miller, une étoile de l'Opéra, qui l'a prise en amitié et, surtout, d'être choisie par le réalisateur, Éric Torrès, pour incarner l'image de la danse. Deux « promotions » qui ont fait grincer les dents des jalouses, et l'ont brouillée encore davantage avec Zita ! Mais il y a un événement beaucoup plus important que le reste : Mo l'a embrassée pour la première fois...*

1
Encore moi !

À l'école Camargo, c'est un soir comme les autres. La fin d'une journée bien remplie. Nous sommes plutôt fatigués, les danseurs ! Pourtant, malgré nos muscles las et nos pieds douloureux, on dévale quatre à quatre l'escalier. Après tant d'heures de concentration, nous nous défoulons comme ça. Entre les Blanches, les Vertes, les Roses, et les garçons, quel boucan !

– Siiiilenceee... ! s'égosille Mme Suzette, à l'accueil.

À cette heure-ci, personne n'a envie d'obéir ! Seule Coppélia, enfermée chez la directrice, lui répond d'un aboiement rageur. Et, moi, même si je rigole avec les autres, j'ai un peu la tête ailleurs...

Est-ce que Mo m'attendra dehors, cette fois-ci ? Chaque jour, je l'espère... et chaque jour je suis déçue. Personne dans l'obscurité de la nuit d'hiver ! Depuis ce fameux dimanche[1] (il y a presque une semaine), je ne l'ai plus revu. Il m'a juste téléphoné une fois. Une seule. En plus, je ne peux pas l'appeler, moi. Je n'ai pas son numéro. Oh ! là, là ! vivement le stage de février, qu'on se retrouve ! C'est pour bientôt... mais ça fait long !

– Hé, Nina !

Planté au pied des marches, Émile gesticule. Son sourire radieux va d'une oreille à l'autre – genre bonhomme dessiné par un gosse de quatre ans.

– T'as vu ?

Dans la bousculade, il agite comme un fanion un papier rouge et blanc. Du coup, tout le monde le remarque.

– C'est quoi, ce truc ? interroge Léah en tendant la main pour l'attraper.

1. Voir *Pleins feux sur Nina*, n° 6.

– Le dépliant pour la pub du stage de février.

Ces mots font toc sur mon cœur, si fort que je rougis. Mais, ayant esquivé la petite Blanche, Émile me colle le prospectus sous le nez :

– Regarde !

Sur la première page, un titre s'étale :

Du 5 au 12 février
STAGE À L'ÉCOLE CAMARGO
Classique, caractère, contemporain,
jazz, et hip-hop

Au-dessous, il y a une photo. Et là, j'ai un choc ! C'est celle d'Aubry[1], recadrée et agrandie, de façon qu'on ne voie plus que *mon* danseur de hip-hop... et moi !

Émile s'écrie :

– C'est pas génial... ?

Si. Ça l'est. Je représente le classique dans mon beau tutu, et lui, le hip-hop. Le nez sur la photo, je me sens fière de Mo... flattée personnellement... et très touchée !

1. Voir *Le Garçon venu d'ailleurs*, n° 5.

Mais ici, dans le brouhaha de la sortie, je n'ose pas manifester ma joie. Je glisse juste le prospectus dans ma poche.

– Qu'est-ce qui est génial, Nina ? interroge Victoria.

Je bafouille une réponse inaudible. Je me méfie des réactions des autres... qui ne tardent pas ! Sur le bureau de Mme Suzette, une pile de dépliants est posée. Volée de moineaux, les filles se précipitent en pépiant :

– Je peux en avoir un... ?

– S'il vous plaît !

– Juste pour montrer à ma mère.

Je m'éloigne d'un pas, et je bute sur Ann Gardel, venue attendre sa fille Zita.

– Tu vas bien, *mon petit* Nina... ?

Son accent anglais est toujours aussi adorable, ses yeux tendres, mais...

Oui. Il y a un MAIS énorme entre nous. Il nous sépare depuis mes problèmes avec Zita[1]. Son attitude a été tellement bête que je ne lui ai pas parlé de Mo, elle m'a traitée de cachottière... et, entre nous, les choses

1. Voir *Le Garçon venu d'ailleurs*, n° 5.

ont mal tourné. Sa maman prenait son parti. Bien sûr. Et sans force pour balayer ce « MAIS », je réponds mécaniquement :

– Oui. Bien. Merci.

– Vous êtes toujours seuls à la maison, Émile et toi ? Garance est encore *absent* ?

– Elle rentre dans deux jours, je crois.

Et le MAIS grandit, grandit, grandit. Pendant le déplacement professionnel de Mme Legat, les Gardel auraient dû veiller sur nous... un peu. Ce fut loupé par ma faute[1]. Enfin... par celle de Zita aussi. Il m'en reste une gêne pleine de regrets. Ils se sont vexés, et ne m'ont plus rappelée. « Tant pis pour eux », a dit Émile. Je pense plutôt : « Tant pis pour moi. »

– Ma parole !

– C'est Nina, sur la photo...

– Avec le garçon d'Aubry !

– Tu me montres ?

– Ooooh !

– Elle est super !

– Faut pas exagérer...

1. Voir *Pleins feux sur Nina*, n° 6.

Ça y est : Vertes et Roses épluchent les dépliants.

– Hé ho ! proteste Mme Suzette, qui en récupère quelques-uns d'une main preste, ces prospectus sont réservés à la clientèle extérieure à l'école.

Julie-la-Peste couine :

– On a bien le droit de voir !

Là-dessus, elle se retourne vers moi d'un air plus sournois que jamais. Va-t-elle me décocher une pique ? Non ! Il y a Mme Gardel près de moi, et Mlle Langue-pointue fait toujours ses coups à l'écart des adultes. Mais en passant, elle siffle :

– La chouchoute...

Affreuse limace, ce mot hideux me glisse sur la peau. J'en frémis, et je remonte précipitamment la fermeture Éclair de ma doudoune :

– Tu viens, Émile ?

Pas de réponse. Zut ! il a disparu – du côté de la machine à bonbons, je parie.

– *Mummy*, tu as vu ? demande Zita en s'approchant de sa mère.

Elle lui tend le dépliant. J'ai un sourire crispé. Les yeux noirs de Zita me fuient.

Est-ce qu'elle pense aussi « la chou-choute » ? Quelle injustice ! Je ne suis la chouchoute de personne ! Mme Camargo me met souvent en valeur, d'accord. Mais c'est peut-être parce que je le mérite !

– Non, je n'avais pas vu, répond Mme Gardel. Je viens d'arriver. Oh ! *un* photo de Nina.

Moi, je contemple le bout de mes bas-kets. Silence. Puis j'entends :

– Bravo, Nina, tu es très... *sweet*.

– Merci, madame.

Soulagée, j'ose la regarder en face, et je croise son regard bleu. Une ombre imper-ceptible le ternit ; une ombre que je n'y ai jamais vue.

Ann Gardel m'en veut. C'est une pre-mière. Les autres aussi m'en voudront, mais, ça, j'ai l'habitude. À commencer par Zita.

– Bon, on rentre, *Mum* ? dit-elle d'un ton nerveux.

Elle me tourne le dos. Sa mère la prend par les épaules. Consolation, ou protec-tion ? En tout cas, à la minute, ce geste de tendresse me fait particulièrement mal au

15

cœur. En quoi peut-elle m'envier, Zita ? Elle a sa maman... elle !

Quand Émile réapparaît, les poches pleines de friandises, je l'empoigne par le bras. On s'en va. Les Gardel traversent la cour devant nous. Une fois dans la rue, je vois Zita jeter le dépliant, comme ça, d'un revers de main, dans le caniveau.

J'en reste soufflée. Elle l'a fait exprès. Elle savait que j'étais derrière. Elle a voulu me faire de la peine... elle a gagné ! À travers les larmes qui me picotent les yeux, je scrute la rue sombre... Mo n'est pas là ce soir non plus. La journée finit vraiment mal.

En plus, à la maison, on est tout seuls, il va falloir préparer le dîner. Oh ! j'en ai marre !

Quoique... je pense tout à coup que j'ai un moyen pour me consoler...

Un moyen infaillible !

2
Allô, Le Caire ?

Une fois à la maison, je dis à Émile :
– Je vais téléphoner à mon père.
– Au Caire ?
– Évidemment, andouille, pas à Cucuron-les-Olives !
Il grommelle : « Ah ! c'est fin... » en me regardant d'un drôle d'air.
Je m'énerve :
– Ça pose un problème ?
– Maman reçoit la facture détaillée, elle verra que tu as appelé très loin.
– Et alors ? Je la rembourserai !
Tous les mois, Papa verse de l'argent à

la banque sur mon compte jeune. Je suis riche, quoi ! Enfin... pas vraiment, mais :

– Je peux me payer un coup de fil en Égypte !

– Ouais.

Ma voix tremble brusquement :

– En plus, j'en ai besoin.

Mon père me manque. Par moments, j'ai envie de redevenir toute petite – quand je ne dansais pas encore – et de me blottir contre lui en l'appelant « Petit Papa chéri » tandis qu'il me berce à mi-voix : « Ma Bichette... »

Ce soir, j'en ai assez d'être grande. Quand on l'est, on n'arrête pas de se battre, ou de défendre sa place. En plus, les gens qu'on aime vous déçoivent. J'ai beau me répéter : « Quand même[1] ! », soudain je broie du noir, des louches et des louches de noir.

– Je comprends, dit Émile, tu veux raconter à ton père... pour le dépliant !

Je le regarde avec des yeux ronds. Le

1. *Quand même !*, devise de Nina, voir les volumes précédents.

dépliant... ! Depuis dix minutes, je l'avais oublié. Et, le sortant de ma poche, je l'aplatis d'un revers de main. C'est drôlement chouette, au fond, d'avoir mon portrait sur ce prospectus rouge et blanc !

– Tu as un de ces pots, Nina !

– C'est vrai.

Et je suis là... à geindre ! Idiote, va ! À cette heure-ci, il y a des filles qui grincent des dents parce qu'on a choisi ma photo – avec Mo, en plus ! L'un près de l'autre, on a l'air d'un grand couple de la danse. Je devrais être contente... ! Je le suis ; mais, en même temps, ça ne me fait aucun plaisir d'éveiller la jalousie des autres. Ça ne mène qu'aux ennuis.

– Alors, qu'est-ce que t'attends ? me houspille Émile. Téléphone-lui vite !

Le cœur battant, je compose le numéro : 00 20 2 57 80 477...

Par discrétion, mon « petit frère » s'est éclipsé dans le salon. Il n'y a pas de sans-fil chez les Legat. C'est bête ! J'aurais préféré appeler en m'enfermant dans ma chambre. Et, tout en pianotant ces chiffres sur le cadran, je les imagine qui s'envolent vers l'Égypte, tels des oiseaux migrateurs. Ils vont se poser au soleil, près de Papa...

On décroche.

– *Horus Hôtel, good evening,* m'annonce une voix rocailleuse.

Bon sang ! De l'anglais ! Ce n'est pas ma matière la plus forte... autrement dit, je suis nulle. Mais, faisant un effort surhumain, j'ânonne :

– Plize, mistère, aïe ouante to spike ouisse mistère Fabbri.

– *What ? I don't understand you, miss.*

Il ne comprend pas ! Je vais rater Papa... et je renifle une larme :

– Dou you spike frenche ?

– Un peu, *miss.*

Un peu ? C'est suffisant ! Je m'écrie, volubile :

– S'il-vous-plaît-j'appelle-de-Paris-passez-moi-vite-M. Fabbri-c'est-mon-père-et-je-dois-absolument-lui-parler.

– M. Fa... ?

– FABBRI.

– *Just a minute.*

Silence. Et la pyramide de Chéops[1] s'écroule sur ma tête :

– M. Fabbri n'habite plus à l'hôtel, m'annonce l'Égyptien invisible.

QUOI ? Et Papa ne m'a pas prévenue ? Impossible ! Ce bonhomme est débile ! Il ne sait pas vérifier correctement le listing de ses clients, voilà tout ! Mais, incapable de discuter, je n'arrive plus à sortir un mot, même en français. J'entends : Allô ? Allô ? Puis :

– *Good bye, miss.*

Et l'employé de l'Horus Hôtel me raccroche au nez. Moi, je reste muette. Immobile. Une statue de sel. À vrai dire, je n'avais jamais bien compris le sens de cette expression ; la statue, c'était clair, mais le sel ? Maintenant, je pige cinq sur cinq. Le sel, ça brûle les yeux et la bouche, puis ça dégouline en larmes...

Papa a disparu.

1. *La pyramide de Chéops* : la plus haute des trois pyramides édifiées à Gizeh, maintenant quartier du Caire.

Je ne sais pas où le joindre. L'horreur ! Exactement comme pour Mo. Je n'ai plus qu'à attendre son coup de fil. Appellera... appellera pas... ? Ce n'est pas une vie, quand on aime quelqu'un... !

Une exclamation d'Émile me fait sursauter :

– Ninoche ! Qu'est-ce tu as ?

Je vais m'effondrer sur le divan du salon, et je m'explique en quelques phrases hachées.

Il s'assoit à côté de moi :

– T'inquiète pas ! Il va sûrement t'appeler ! C'est pas son genre de te laisser sans nouvelles.

Je m'essuie le nez d'un geste brusque :

– Ça non, mais il y a un début à tout !

– Allez ! Si ça se trouve, il va te téléphoner dans deux minutes !

J'y crois presque. Mais les minutes annoncées s'écoulent, et... RIEN. À cet instant, si un magicien me le proposait, j'échangerais sans hésiter ma photo sur le dépliant contre une seconde de la voix de Papa. Juste le temps qu'il me dise : « Je pense à toi, Bichette. » Mais ce genre de troc n'existe pas, sauf dans les contes de fées. C'est bête.

Là-dessus, je pousse un cri :

– Ma lettre !

J'en ai écrit une longue comme ça ! J'attendais le retour de Garance pour la faxer à mon père, et maintenant... où l'envoyer ?

– Oh ! j'en ai ras le booool... !

Écrasant les mains sur mes yeux, je reste enfermée dans la nuit de ma tête, un long moment. Émile se tait. Pas un bruit. On reste blottis sur le divan. Je crois qu'on se sent aussi seuls l'un que l'autre.

– Tu sais, j'ai envie que Maman revienne, chevrote-t-il soudain.

Je le prends par les épaules.

– Moi aussi.

Ça ne m'amuse plus d'être le chef, ou la maîtresse de maison intérimaire, comme on voudra[1] ! Heureusement que Garance revient dimanche soir, c'est-à-dire après-demain. Ouf !

– Il faudra acheter des fleurs.

1. Voir *Pleins feux sur Nina*, n° 6.

– Tu as raison, Nina.

Les yeux d'Émile brillent.

– Des tulipes roses ! Maman sera vachement contente.

Qu'il a l'air heureux de voir revenir sa mère ! Si je pouvais être à sa place. Mais... inutile de penser à ça !

Allez, courage, Nina !

Je m'écrie :

– Viens, on va dîner.

3
La vie de bohème

En fait, vautrés devant la télé, on se gave de biscuits salés et d'amandes en vidant la dernière bouteille de Coca. J'ai vraiment la flemme de cuisiner ! D'ailleurs, il ne reste plus grand-chose dans le placard.

– Il faudrait faire un petit marché, dit Émile.

– Ou plutôt le ménage.

L'appartement est dans un tel état qu'on aura de quoi retrousser ses manches. Incroyable comme la vaisselle s'accumule, la baignoire s'encrasse, et les vêtements sales s'empilent, lorsqu'on ne s'en occupe pas au fur et à mesure !

J'annonce :

– On s'y mettra demain, après le cours.

L'après-midi du samedi, on a le temps. Et ça redeviendra nickel ! Promis-juré. Quitte à récurer jusqu'à minuit. Garance retrouvera sa maison en parfait état de marche. Je bâille :

– Bon. Moi, je vais me coucher.

– Oh ! pas tout de suite, Nina, on regarde la cassette de *Casse-Noisette*[1].

– Tu la connais par cœur.

Il supplie :

– Juste dix minutes.

Je cède.

– À condition qu'on aille au lit à 10 heures dernière limite.

Garance m'a recommandé que son fils soit couché tous les jours à 21 heures. Autant dire avec les poules ! Mais, par pitié, je lui ai accordé un petit rabiot le

1. *Casse-Noisette* : ballet-féerie de Marius Petipa, sur un argument tiré des contes d'Hoffmann et une musique de Piotr Ilitch Tchaïkovski, dansé pour la première fois à Saint-Pétersbourg le 18 décembre 1892.

premier soir... et, depuis, c'est l'escalade !
À traînasser, on se couche de plus en plus
tard.

– T'inquiète, me rassure-t-il, quand je
dors moins, je dors plus fort. C'est un truc
prouvé par les docteurs.

Ah ! bon. C'est rassurant, en effet, mais
je ne réponds rien à cette communication
scientifique. J'ai un nouveau coup de
cafard. Comme ça... brusquement... une
espèce de claque au cœur. Le temps tourne,
et IL ne m'a toujours pas appelée. Je pense :

« Tu exagères, Mo. »

Ce reproche muet va peut-être l'attein-
dre. Il y a des phénomènes mystérieux,
dans la vie. Mo va tressaillir : « Nina... » et
je vais entendre : Driiing... ! À moins que
la sonnerie ne vienne d'au-delà des mers,
et ce sera Papa.

Je pousse un gros soupir.

Ne rêve pas, Nina. Aucun des deux ne
pense à toi !

J'ai envie de pleurer sur mon sort. Par
moments, je me regarde de l'extérieur,
comme si c'était une autre qui agissait, ou
que je me voyais bouger sur une scène.

Maintenant, je me vois, petite fille séparée de ceux qu'elle aime. Et je me fais de la peine.

– Bon, ça y est ! s'écrie Émile, qui s'est chargé du côté technique de la projection.

La main sur la poitrine, il s'incline devant moi comme un danseur saluant son public :

– La représentation va commencer ! Installez-vous bien, princesse.

Je lui souris :

– Mille grâces... manant !

– Tu pourrais trouver mieux, proteste-t-il en fronçant le nez, manant... t'es sympa, toi !

J'éclate de rire. Et mon cafard s'enfuit à toutes pattes. Dire que j'oubliais Émile ! Grâce à lui, je ne suis pas complètement abandonnée.

– Allez, viens t'asseoir, mon-petit-Mimi-lou-d'amour, on va mettre la couverture du divan sur nos jambes.

C'est un patchwork de laine, composé d'une multitude de petits carrés multicolores. L'ensemble est assez laid, mais douillet. Côte à côte, on se pelotonne dessous. Il ne fait pas chaud, ce soir.

Et la musique de Tchaïkovski éclate. Allègre, sautillante, ou douce comme la caresse d'un flocon de neige, elle nous apporte le plus joli conte de Noël du monde. Sur l'écran du téléviseur, Clara[1] apparaît dans sa chemise de nuit blanche. Elle ne porte pas de vulgaires pantoufles, mais des chaussons de satin...

Elle danse.

Sa danse fait courir dans mes veines un frisson de bonheur ; elle me réchauffe et m'apaise. Sans quitter la télé des yeux, j'appuie ma tête contre les coussins, je remonte plus haut la couverture.

« Un jour, moi aussi, je serai Clara... »

Je suis bien. La musique me berce. Le ballet est un tourbillon de couleurs qui, peu à peu, s'estompent et s'effacent. Je flotte, légère comme un ballon s'envolant vers les nuages...

Je crois que...

Je... m'en... dors.

1. L'héroïne du ballet *Casse-Noisette*.

4
Ça chauffe !

Il y a d'abord, très très loin, un grincement de clef dans la serrure. J'en remue dans mon sommeil. Je me retourne. J'essaie de remonter la couverture. J'ai froid. Ensuite, après le choc d'un sac posé par terre, c'est un bruit de pas qui se rapprochent, de plus en plus près, de plus en plus fort. Ils s'arrêtent.

– NINA ! ÉMILE !

Ce double cri me réveille en sursaut. Devant moi, il y a une espèce de fantôme avec un bonnet à pompon sur la tête ! Garance ! Je bredouille :

– Tu es revenue ?

– On dirait !

Plantée devant le divan, elle a l'air stupéfaite :

– Qu'est-ce que c'est que ça ? Vous dormez dans le salon, maintenant, et tout habillés ?

– Mais non, Maman, bâille Émile, on regarde une cassette.

– À 8 heures du matin ?

Je me redresse, ahurie. Aveuglée par une buée froide, la fenêtre filtre une lumière presque blanche. Pas possible ! On a passé la nuit dans le salon. La télévision est encore allumée, la lampe aussi.

– Il va falloir que tu m'expliques ça, Nina, me dit sèchement Garance.

Ça y est ! La faute va me retomber sur le dos ! La journée commence en beauté. Je réponds d'un ton agressif :

– Il n'y a pas d'explication. On devait être fatigués, voilà tout... !

Elle ne s'est jamais endormie devant la télé quand elle avait treize ans, elle ? Mais, tout à fait réveillé, son fils se met à brailler :

– Maman... tu es là !

Il se jette à son cou avec un tel élan qu'elle trébuche et s'affale sur le canapé avec nous. Il la serre à l'étouffer.

– Maman, Maman chérie...

– Arrête ! rit-elle.

C'est nerveux. En fait, Garance est fâchée, je le sais. Je me lève. Oh ! là, là ! les courbatures ! Je suis tout engourdie. Maintenant, j'essaie de sourire :

– On croyait que tu rentrais demain.

– Moi aussi, mais ça s'est combiné différemment, et j'ai pu profiter de la voiture du producteur. On a roulé de nuit.

– Oh ! cool ! s'écrie Émile.

Sa mère hausse les épaules :

– Tu parles ! Je suis crevée.

Alors, une vision d'horreur s'imprime dans mon cerveau : la cuisine. Si Garance y entre, le drame est inévitable. Je m'empresse :

– Reste là, je t'apporte le petit déjeuner.

– C'est gentil. Tu trouveras un sachet de croissants frais posé sur mon bagage, dans l'entrée. Je viens de les acheter.

– Oooh ! superchouette ! glapit Émile.

Qu'est-ce que tu es sympa... Maman-chérie-que-j'aime-et-que-j'adore !

Trop bruyant pour être honnête ! Lui aussi doit « voir » la cuisine, et la salle de bains, et nos chambres... !

– Un câlin, Maman...

Me précipitant hors du salon, j'insiste :

– Interdit de bouger, Garance !

Dans l'évier, une pyramide de vaisselle sale – il n'y a pas de machine, chez les Legat –, sur la table, une invasion de miettes ; au mur, un torchon noirâtre pendouille à son crochet, et au fond d'une casserole, un reste de lentilles se dessèche. À la cuisine, c'est l'horreur prévue, l'heure aussi du « j'aurais dû »...

Un peu tard ! Mais j'essaie de « maquiller » le décor !

Après avoir mis la bouilloire sur le gaz, je fais couler l'eau chaude dans l'évier. Sous la mousse du produit à laver, assiettes et couverts se remarquent moins. Je rince rapido trois bols, trois cuillers, je donne un coup d'éponge à la table, et j'installe les croissants sur un plat miraculeusement propre. J'attrape un plateau. Zut ! il colle aux doigts. Tout en le nettoyant, je lance à tue-tête :

– J'arriiive...

– Ne hurle pas comme ça, me dit Garance.

Je retiens un cri. Dans mon agitation, je ne l'ai pas vue entrer. Elle jette un coup d'œil à sa cuisine. Je rougis.

– Je suis déçue.

Sa voix est froide.

– Nina, je croyais pouvoir te laisser la maison... et je retrouve un bazar innommable où vous dormez tout habillés ! Ça me déplaît assez, je t'avoue.

Que répondre ? Rien. Et, à côté, un éternuement d'Émile explose. Atchou-ou-oum ! Une vraie détonation !

– Ça y est, il a pris froid cette nuit sur le divan ! Ah ! c'est fin ! s'exclame Garance.

Les yeux baissés, je remplis mécaniquement le plateau. J'ai le cœur gros et je suis furieuse. Dire qu'on voulait lui offrir un bouquet... ! Oh ! j'en ai marre !

Je fonds en larmes.

– Ne pleure pas, ça ne sert à rien.

Et après ? Si j'en ai envie, moi ? Plantant là mon chargement, je cours m'enfermer dans ma chambre. J'y pleure tant que je peux, même si ça ne sert à rien ! L'opinion de Garance... qu'est-ce que je m'en fiche !

Une fois mes sanglots calmés, je sors le cœur d'or de sous mon pull. Il est tout tiède d'avoir dormi avec. J'y appuie les lèvres.

– Maman...

Je ferme les yeux. Dans un angle de la pièce, le jasmin[1] embaume. Chaque fois que je le respire, je pense à ma mère... et à Mo. Du coup, ça va mieux. Enfin... un tout petit peu.

Toc-toc ! On frappe au battant. Garance, je parie. Que me veut-elle ? Me remonter encore les bretelles ?

Je grogne :

– Quoi ?

– J'ai un fax d'Égypte pour toi.

Alors, là... ! Je ne fais qu'un bond jusqu'à la porte ; je l'ouvre en grand. Garance a un air mi-figue, mi-raisin.

1. Voir *Pleins feux sur Nina*, n° 6.

– Excuse-moi, dit-elle, j'ai reçu ce courrier au bureau le matin de mon départ... et j'ai complètement oublié de te le donner. Je viens de le retrouver au fond de mon sac.

Elle me tend un papier plié en quatre. Je me retiens pour ne pas le lui arracher des mains. Une lettre de mon père ! Et elle l'a *oubliée dans son sac* pendant près de huit jours. Bonjour la désinvolture ! Quel est le pire : laisser la vaisselle s'accumuler, ou bien négliger de transmettre un message superimportant ? J'ai mon avis sur la question...

– Ne fais pas cette tête ! remarque Garance. Je n'ai pas commis un crime.

Je riposte avec vivacité :

– Moi non plus !

On se regarde dans le blanc des yeux, une seconde, puis elle me sourit brusquement :

– Allez, mon chou, ne parlons plus de nos erreurs mutuelles.

Tiens, maintenant qu'elle est dans son tort, Garance est beaucoup plus compré-

hensive. Je marmonne un vague acquiesce-
ment. Et on s'embrasse.

Le fax déplié, je saute au plafond : en
très gros, il y a la nouvelle adresse de Papa !
Il n'a pas disparu. Il ne m'a pas oubliée. Il
m'aime... et il a trouvé un appartement !

Idiote Nina ! Comme s'il était possible
qu'il t'oublie.

Et derrière le carreau, j'aperçois... un...
deux... trois... dix... flocons qui voltigent,
paresseux.

– Il neige !

Alors, je me souviens : le jour où j'ai rencontré Mo, il avait neigé.

J'adore la neige.

5
Venu avec la neige

Si elle tombe en flocons éparpillés comme du papier blanc déchiré en mille miettes, c'est très joli à regarder. Mais une fois que la neige s'est posée, je trouve ça encore plus beau !

Lorsqu'on sort de l'immeuble, Émile et moi, elle a déjà déguisé les rues grises en décor de théâtre tout blanc. En marchant, je m'imagine... des tas de trucs ! Je ne suis plus Nina Fabbri. Devenue sylphide, fée, ou étoile... mes pas s'enfoncent dans un velours qui glisse, chuinte et crisse. Pour un peu, je danserais au milieu de la chaussée sur la musique ténue de la neige...

– Hé ! tu te grouilles, Ninoche ?

La voix pointue de mon frère adoptif me ramène à la réalité. Pas le moment de lambiner ! La neige est belle, mais quel froid noir ! Émile a son bonnet enfoncé jusqu'aux yeux, une goutte tremblote à son nez rougi.

– Admire... !

Sur ces mots, il fait une glissade le long du trottoir. Et – une fois de plus – ça me rappelle... Aubry... la cour du collège... ça me rappelle Mo.

Qu'est-ce qu'il me manque !

À ce moment, j'entends :

– Ninaaa !

Je me retourne d'un bloc. Pas possible ! C'est... c'est lui ! Il arrive du bout de la rue en courant. Au lieu de me précipiter à sa rencontre, je reste plantée comme un piquet. À cause de la joie... de la stupeur... de l'émotion... enfin, tout ce qui vous donne l'air d'une idiote !

La neige me l'a ramené !

– Mooo ! s'écrie Émile.

Il file en dérapage contrôlé dans sa direction. Je glapis :

– Arrête ! Tu vas te casser une jambe !

Enrhumé et la patte en deux morceaux !
J'imagine la tête de Garance... et m'énerver
me fait du bien. Ça me permet de cacher
le coup de trac qui a transformé mon cœur
en grosse caisse.

– Salut, Nina.

– Ça va, Mo ?

On échange une bise. Ses joues sont gla-
cées – j'aime bien –, son regard a un éclat
joyeux et sa bouche est craquelée par le
froid – j'aime bien aussi. On se prend la
main, comme par inadvertance, et on ne se
lâche plus.

Je murmure bêtement :

– Tu vas chez Camargo ?

– Devine ! rigole-t-il.

Je lui serre la main plus fort. Lui aussi.

– Pourquoi tu viens ? Le stage n'est pas
encore commencé[1]... s'étonne Émile.

– La directrice m'a demandé de passer...
comme ça !

De toute façon, on s'en fiche du pourquoi et du comment ! L'important est qu'il

1. Voir *Le Garçon venu d'ailleurs*, n° 5.

soit là, même si je suis toujours dépitée (oh ! à peine) qu'il ne m'ait plus téléphoné.

– Tu sais, Nina, j'ai été malade...

Ça me fait un coup. La seule éventualité que je n'ai pas envisagée. Que je suis égoïste ! Il était souffrant, et je lui en voulais... !

– Même, on m'a hospitalisé.

– Oh ! la vache ! apprécie Émile.

– J'avais une mauvaise bronchite.

L'autre bouffonne :

– Y en a des bonnes, tu crois ?

L'idiot ! On repart. En regardant Mo avec de grands yeux – il est plutôt pâlichon, en effet –, je chuchote :

– Tu es guéri, j'espère ?

– Ouais-ouais.

Il n'en dit pas plus. Je le comprends. Moi non plus, je n'aime pas évoquer ma petite santé ! D'ailleurs, la mienne est de fer !

Et on pousse la porte cochère qui s'ouvre sur notre monde à nous. Notre école de danse.

Tout à coup, une espèce d'appréhension me barbouille l'estomac. Ma vraie maison, c'est ici. Pourvu que Mo l'aime bien ! Je lui dis :

– Tu viens ?

Le battant refermé, on se sent déjà ailleurs. La neige tapisse la cour intérieure ; une trace de semelles y creuse un petit chemin vers l'accueil, à gauche. La neige ourle aussi les fenêtres du bâtiment en U, et peinturlure de blanc son toit en pente.

Mo dit à mi-voix :

– Super...

Il apprécie ! Que je suis contente ! À cet instant, les premières notes d'une mélodie de Chopin semblent tomber du ciel. À pas menus, elles nous accompagnent jusqu'à la porte vitrée.

On entre.

6
L'étoile de l'école

Émile et moi, nous claironnons :
– Bonjour, madame Suzette.
Embusquée derrière son ordinateur, la dame de confiance nous répond du bout des lèvres. Oh ! là, là ! Elle est d'une humeur, ce matin ! Je me demande si elle a remarqué Mo ou pas. L'ignorant souverainement, elle tape avec frénésie sur son clavier.
Profitons-en ! J'attrape un dépliant sur la pile :
– Tu as vu ? On y est en photo... tous les deux !
– C'est pas vrai !

Il regarde le papier avec une drôle d'expression – heureuse ou flattée, je ne sais pas. Mais ça me fait un de ces plaisirs ! Je chuchote :

– Le reportage d'Aubry. On n'est pas mal là-dessus, tu ne trouves pas ?

Et, surgie du Mac, j'entends résonner cette voix sépulcrale :

– La vanité te perdra, Nina Fabbri.

Mme Suzette ! Je croyais qu'elle n'écoutait pas. Mortifiée, je ne réponds rien. Quelle vieille pie !

– Tu ferais mieux de monter t'habiller, ajoute-t-elle, et toi aussi, Émile Legat.

Il obtempère. Moi, je fais un pas de crabe (un seul) en direction de l'escalier. À cet instant, le regard-harpon de Mme Suzette intercepte Mo.

– C'est à quel sujet ? lui demande-t-elle, froide comme un iceberg.

Tout à coup, j'ai envie de rigoler. Si elle savait que Mo la compare à un dragon... ! Il murmure :

– J'ai rendez-vous avec Mme Camar...

Ouah-ah ! L'aboiement-qui-tue brouille tout. Et Coppélia fait irruption, la crinière en bataille. Quelquefois, on dirait un lion minuscule, je trouve. Dans son dos, une voix lance en espagnol :

– ¡ *Cállate, pesada* [1] !

Natividad Camargo. Elle apparaît, très droite, la tête alourdie par son chignon noir et les sequins [2] qui, ce matin, tintinnabulent à ses oreilles. Ça fait bizarre de la voir à côté de sa gigantesque photo en Cygne blanc, collée au mur du fond, et qui date d'il y a... très, très longtemps.

Pas le temps de demi-plier pour la petite révérence habituelle : la porte vitrée tinte, et Coppélia se déchaîne. Ouah-ah-ah-ah !

Impériale, Fanny-la-Rose fait son entrée. Mme Suzette en fond, telle une motte de beurre laissée en plein soleil. Parce qu'elle a vraiment ses chouchoutes, elle !

– Bonjour, ma jolie, minaude-t-elle.

– Ça va, madame Suzette ?

Ouah-ah-ah-ah ! On ne s'entend plus.

1. ¡ *Callate, pesada !* : Tais-toi, casse-pieds ! Mme Camargo parle toujours à Coppélia en espagnol.
2. *Sequin* : monnaie d'or d'autrefois.

Coppélia ne partage pas la prédilection de la dame de confiance. Bien fait ! Ouah-ah !

– S'il te plaît, Nina, fais-la taire ! s'écrie sa maîtresse.

J'obéis volontiers ; m'accroupissant près du fauve, je susurre :

– Chuuuuut...

Silence immédiat. Coppélia roule sur le dos, les pattes en l'air. Et voilà le travail ! Je lui grattouille le ventre. Que je suis fière d'être la seule à savoir la calmer !

– Génial, murmure Mo.

On se sourit. Et il met le dépliant dans sa poche. J'en ai un petit pincement au cœur : est-ce que ça signifie qu'il tient à garder *notre* photo ? Mais je n'ai pas le temps de creuser la question ; Mme Camargo ramasse sa chienne et la prend sous son bras :

– Merci, Nina.

Cela signifie que mon rôle s'achève là. Dommage ! Je grimpe l'escalier d'un pas mou. Dans mon dos – et je me retiens pour ne pas me retourner – j'entends la directrice présenter Mo à Fanny. Drôle d'idée ! Je ne vois pas l'intérêt.

48

– Voilà le danseur qui, à Aubry-sur-Marne, nous a révélé le hip-hop[1], annonce-t-elle avec emphase.

– Enchantée.

Non mais... ! quelle gourde, cette Fanny ! Comme si on disait : *Enchantée*. Elle ne peut pas répondre *Salut*, comme tout le monde ?

– Au fait, vous aviez reconnu Mo, madame Suzette ?

– Pas vraiment. Vous savez bien, madame Nati, que... euh... je ne suis pas physionomiste.

La menteuse ! Elle n'avait pas envie de le reconnaître, surtout ! Elle n'aime pas beaucoup les *garçons venus d'ailleurs*, je le sais. Je monte les marches deux par deux. Mais les présentations se faisant vice versa, j'entends encore :

– Mo, voici Fanny-la-Rose...

Je m'arrête un quart de seconde. Et là, je reçois un de ces coups !

– ... l'étoile de l'école, en quelque sorte, précise Mme Camargo.

1. Voir *Sur un air de hip-hop*, n° 4.

Oh ! le choc ! L'étoile de l'école... elle ! Bon, d'accord, Fanny danse mieux que moi, pour l'instant. Elle a deux ans de plus, ça explique tout. Mais lui octroyer le titre d'étoile... ! Zut ! Elle exagère un peu, la directrice.

D'ici que Mo s'imagine que Fanny est la *Prima ballerina*[1] du siècle... !

Qu'est-ce que ça m'énerve !

Une fois sur le palier, je respire à fond. Je dois me calmer. Pour bien danser. Si je suis une pile électrique, je n'aurai pas d'équilibre, je n'arriverai à rien.

En bas, à l'accueil, des voix s'entrecroisent soudain :

– Bonjour, madame Suzette !

– Bonjour, Zita.

J'écoute. Tiens ! On dirait qu'elle arrive toute seule, aujourd'hui. Pas d'Alice dans les parages, ni d'autre Verte. Si je l'attendais pour... lui parler, lui sourire... faire comme si de rien n'était !

---

1. *Prima ballerina* : titre donné à l'étranger (notamment en Russie) équivalant à celui d'étoile en France.

Mais je tressaille.

Ça ne va pas, Nina ? Tu oublies le dépliant jeté dans le caniveau, un geste vraiment infect.

Et je m'échappe vers le vestiaire des Vertes.

7

La lala lère...

Je lance :

– Salut, les danseuses !

Assises sur le banc où elles enfilent leurs collants, Flavie, Élodie et Amandine me répondent en chœur : « Salut », mais Victoria se lève pour m'embrasser. Elle a très envie qu'on devienne amies ; moi, je ne sais pas trop. Elle s'écrie :

– Hier soir, tu as filé comme une fusée, Nina, et je voulais te dire pour le dépliant... c'est super !

Qu'elle est sympa... et bonne joueuse ! Elle aussi a dansé à Aubry ; elle pourrait être vexée du choix de Mme Camargo. Mais non ! elle me félicite. Je réponds merci, puis j'ajoute précipitamment :

– C'est à cause de... euh... du danseur de hip-hop... on a pris ma photo parce que c'était moi la plus près de lui... tu comprends... en prévision des leçons de...

Je m'emberlificote dans mon explication, comme si je devais me justifier, lorsque Zita entre. J'en reste muette : son regard est si dur ! Sur un vague bonjour, elle va à l'autre bout du vestiaire. Loin de moi. J'ai compris. Mais je ne vais pas lui courir après ! Le cœur serré, je m'assois à côté de Victoria.

– Tu es toujours seule avec Émile ? me demande-t-elle.

– Non. Sa maman est revenue ce matin.

Je garde pour moi les « détails » de ce retour ! Vic soupire :

– Ça doit pas être marrant de « faire mère adoptive ».

Je réponds sobrement :

– À part le ménage, c'est sympa.

– Moi, j'aimerais pas ! s'écrie Flavie.

Les autres se moquent :

– Ça... tu nous étonnes !

– Empoigner un balai, toi ?

– Tu es plutôt habituée à avoir le p'tit déj' au lit chaque matin... !

Notre *fleur de serre*[1] se rebiffe :

– C'est normal, je suis fragile !

On éclate toutes de rire. Elle aussi... mais pas Zita. D'ici qu'elle fasse la tête jusqu'à la sortie ! Mais non ! Alice débarque (coucou, les filles) et c'est l'embellie ! Un sourire radieux ensoleille la mine sombre de Zita. Alors, c'est moi qui me rembrunis. Son hostilité me fait mal.

Mes collants passés en un tournemain, je plonge dans mon sac pour y attraper mes chaussons... non... pas les miens : la vieille paire d'Éva Miller[2]. Aujourd'hui, j'en ai vraiment besoin. Les chaussons d'une étoile consolent et encouragent, je trouve.

– Toujours tes vieux débris... la chouchoute !

Julie-la-Peste ! Je ne l'avais pas entendue

1. Voir *À moi de choisir*, n° 2.
2. Voir *Pleins feux sur Nina*, n° 6.

entrer. Sa voix, aussi agréable qu'une craie
dérapant sur un tableau noir, me hérisse la
peau.

Répondre... ou pas ?

Depuis longtemps, j'ai décidé d'ignorer
Mlle Langue-pointue, mais là... non ! Je ne
vais pas laisser passer son injure. Je proteste :

– Arrête ! je ne suis la chouchoute de
personne.

– Ha, ha, ha !

Elle rit pour de faux, comme le méchant
à Guignol. Quelle idiote ! Ses petits yeux
luisant méchamment, elle siffle :

– Tu as le don pour te faire remarquer,
Fabbri. Comme elle dit, ma mère, y a une
combine là-dessous, même qu'elle appelle
ça du « favoritisme » !

– Qu'est-ce que je m'en fiche !

– Du fa-vo-ri-tisme ! se moque Victoria.
Tout de suite les grands mots !

Elle me défend ! Je lui souris. Mais Julie
l'envoie bouler :

– T'occupe, gros dindon !

– Et toi ? Espèce de musaraigne !

Tout le zoo va défiler ! Si elles ne se disputaient pas à cause de moi, j'en rirais ! L'apparition de Fanny-la-Rose les fait taire. La grande a une présence impressionnante. Le menton haut, le dos inflexible, le pied sûr... on sent tout de suite qu'il ne faut pas l'embêter !

Elle nous lance d'un ton supérieur :

– Bonjour, les Vertes !

– Salut, Fanny.

À cause du bel Alex qui s'habille dans le vestiaire des garçons, à côté, elle vient souvent se changer chez nous.

Elle le suit à la trace, quoi !

Mais, pour l'instant, elle fonce directement jusqu'au miroir, et elle y jette un long regard interrogateur. Il doit lui répondre : « Que tu es belle, Fanny-la-Rose... » car elle prend une expression satisfaite.

Qu'est-ce qu'il lui prend ?

Elle sait bien qu'elle est jolie, même lorsqu'elle ne se farde pas en Néfertiti[1]. Aujourd'hui, elle n'a pas un gramme de

1. Voir *Le Garçon venu d'ailleurs*, n° 5.

maquillage, et quelques frisons blonds s'échappent de son chignon. Ça la rajeunit.

— La lala lère... chantonne-t-elle en mettant sa tunique.

Victoria hausse un sourcil. Traduction : qu'est-ce qu'elle a ? Élodie chuchote :

— Ça y est ! Alex l'a demandée en mariage.

Le fou rire rentré ! Pas si bien rentré que ça, d'ailleurs ; à travers la glace, il n'échappe pas à Fanny. Elle en avale sa ritournelle, et aboie :

— Pourquoi vous vous marrez en me regardant ?

— On ne se marre pas, Fanny.

Vic fait le singe :

— Tu penses ! On n'oserait pas.

Fanny-la-Rose nous toise. Certaines filles se comportent comme des étoiles avant de l'être ; c'est son cas. Elle se la joue, quoi ! Et elle finit par susurrer d'un ton mystérieux :

— Rira bien qui rira le dernier.

Ma parole ! elle fait aussi collection de proverbes, comme Mme Suzette. On a un mal de chien à garder notre sérieux.

Mais, à la sonnerie, nous sursautons toutes. La leçon ! Précipitation et pagaille. La routine. J'oublie Fanny-la-Rose. Je vais danser.

Et que j'en ai envie !

8
L'orgueil de Zita

Fin de la leçon.

À la queue leu leu, on se dirige vers l'angle opposé du studio. Derrière son piano, M. Marius, qui s'est arrêté de jouer, secoue les mains pour les détendre. Accompagner un cours, ce n'est pas rien... mais dans une petite demi-heure, on sera rentrés à la maison !

D'habitude, je trouve ça dommage qu'on ne travaille pas le samedi après-midi, mais aujourd'hui, à cause d'une petite idée qui commence à me tarabuster, je suis plutôt contente qu'on termine.

Mo... !

Sera-t-il à la sortie... ou... pas ? Une fois de plus, je vis un de ces suspenses ! Mais là, j'ai de bonnes raisons : Mo était chez Camargo, il y est peut-être encore ; ce serait normal qu'il m'attende ! Dire que je n'ai même pas eu le temps de lui réclamer son numéro de téléphone... !

Victoria me pousse dans le dos :

– T'avances, Nina ?

– Excuse-moi.

Elle a raison. Il faut que je me réveille ! Je ne suis pas ici pour rêvasser.

– Diagonale de grands jetés en tournant, annonce Maître Torelli.

Flavie gémit :

– Le coup de grâce...

Heureusement que notre professeur est un peu dur d'oreille ! Il ne supporterait pas d'entendre une réflexion pareille, même si les Vertes en ont déjà mis un coup !

Nous avons tellement transpiré que la buée aveugle la fenêtre du studio Nijinski ; elle brouille aussi le grand miroir. Les danseuses s'y reflètent presque floues. Cette brume passagère me plaît. Elle est synonyme de travail et d'efforts. Lorsque, parmi les autres, j'aperçois dans la glace mon visage rougi, avec le tour de ma bouche tout blanc, je me dis : bravo, Nina !

Maître Torelli frappe le sol de son bâton :

– Alice, tu commences !

Elle se précipite. La veinarde ! C'est une récompense de se trouver en tête. Mais c'est vrai qu'elle se débrouille bien... presque autant que Fanny... notre (supposée) étoile !

Zut ! ça m'énerve de penser à elle... ! Ça me rappelle les airs qu'elle prenait tout à l'heure, ces airs inexplicables...

Deuxième coup de bâton :

– Les enfants, dès qu'une fille a démarré, la suivante se place, et elle part lorsque la précédente est arrivée au coin. Ne ralentissez pas le rythme... et comptez bien les temps de la musique. Les accords, monsieur Marius !

Bon. C'est parti ! Plutôt que de penser du mal de Fanny-la-Rose, je ferais mieux d'être à la question. Et j'observe Alice. Elle se place face à nous, la jambe de terre[1] bien ouverte, l'autre dégagée en arrière. Les bras en quatrième position, elle s'apprête à s'élancer en diagonale à l'autre extrémité du studio. Le regard fixé au-delà de nos têtes, elle se concentre tandis que nous nous alignons en attendant notre tour.

– Allez-y !

M. Marius attaque maintenant une coda[2] joyeuse, Alice tournoie et s'envole, les bras en couronne.

– Tu permets, Nina ?

Avec un sourire froid, Zita me passe devant. Ça signifie : « Je suis meilleure que toi. » Je n'ose pas discuter, même pour rire. Elle a tellement changé ! Je la reconnais à peine. Cette fille froide et hautaine n'est plus Zita. Alors, je m'écrase. J'ai un peu mal au cœur.

Est-ce que notre brouille va durer toute la vie ?

1. *Jambe de terre*, ou jambe d'appui, celle qui reste fermement posée au sol pendant un exercice.
2. *Coda* : en danse, troisième et dernière partie d'un pas de deux.

Je m'efforce d'oublier cette question – peut-être sans réponse – en faisant semblant de m'intéresser à Alice. Puis, je m'y intéresse pour de bon.

Chapeau ! Elle est formidable. Légère et précise. Parce que j'ai eu du succès, dernièrement, il m'arrive d'oublier que je ne suis pas la seule à être bien. Le cours me fait retomber sur terre. Il y a beaucoup de danseuses dans le monde ! Et des géniales !

J'ai intérêt à bosser.

On ne décroche pas l'étoile comme ça ! Et, pour y arriver, il faut d'abord un petit peu d'humilité.

J'ai intérêt à m'en souvenir.

Zita se place. Nos regards se croisent une seconde, et elle détourne le sien, pour compter tout bas les temps de la musique. Parfaite Zita ! Elle ne laisse rien au hasard. Elle fait le chassé, le saut, repart... et je me prépare à la suivre, quand le piano se tait. Un coup d'œil par-dessus mon épaule : de son bâton, Maître Torelli barre le passage à Zita.

– Recommence, petite, dit-il. Cette fois-ci en dansant.

La vacherie ! Pauvre Zita ! Que je la plains ! Blanche de honte, elle revient en courant vers nous. Je m'écarte vite pour lui laisser la place.

La voix du professeur claque dans le studio :

– Faire proprement un exercice ne suffit pas, il faut y ajouter un « supplément d'âme », comme disait je ne sais plus qui...

Zita se mord les lèvres. Lorsqu'elle se remet en position de départ, je vois trembler ses genoux. Trac ou... colère ?

– Aie au moins l'air de t'amuser, la houspille Maître Torelli. Souris, bon sang ! On dirait une machine IBM, pas une ballerine, et si tu crois que les gens payent pour voir danser un robot... !

Quelle dégelée ! Chacune retient sa respiration en attendant son tour. On ne sait jamais ! Mais une quinte de toux interrompt l'ancien danseur, qui s'en étrangle à moitié. M. Marius vient lui taper dans le dos.

Les Vertes se regardent, embêtées. Le maître paraît tout fragile, soudain. Ça fait drôle de le voir dans cet état. Seule, Zita reste (faussement) impassible.

– On reprend !

Ça y est ! Maître Torelli a retrouvé son souffle et M. Marius, son piano. Les premières notes s'envolent, Zita s'élance, et...

Boum, boum, boum !

Le bâton arrête tout : musique et danseuse. Le professeur aboie :

– Tu pars à contretemps, maintenant ?

Zita baisse la tête.

– Excusez-moi, balbutie-t-elle.

– Mets-toi plutôt à la queue. On n'a pas de temps à perdre.

Elle obéit, mais je n'ose plus la regarder.

– À toi, m'ordonne Maître Torelli.

Et j'y vais ! Chassé, grand jeté en tournant, relevé en arabesque... et je repars !

Il est superchouette, ce pas ! J'adore les grands sauts. Lorsque j'arrive au coin opposé, je change d'épaulement pour m'arrêter en quatrième ouverte. Et je souris au public imaginaire, c'est-à-dire au miroir.

– Bien, Nina, me félicite Maître Torelli. Tu n'es pas parfaite, mais tu es tellement heureuse de danser qu'on ne remarque plus tes défauts...

Il s'adresse à toute la classe :

– Prenez-en de la graine, les filles ! Rappelez-vous que danser, c'est avant tout transmettre une émotion...

Puis il lance à Zita :

– ... compris ?

Silence. Elle est pétrifiée. Mais ses yeux brillent de larmes. Le silence dure. Et, brusquement, elle sort en courant. La porte claque.

On se jette des coups d'œil effarés.

– Reprenons, dit Maître Torelli, comme si de rien n'était.

9
Baisers volés

Port de bras... Révérence...

Les dernières minutes du cours me semblent interminables : je fais tous les mouvements en pensant à Zita. Oubliant qu'elle a jeté méchamment mon dépliant dans l'eau sale, j'ai de la peine pour elle. La pauvre, elle doit être bien mal ! C'est très impoli de quitter un cours comme ça, elle le sait. Et Maître Torelli peut s'opposer à ce qu'elle revienne au prochain.

Oh ! là, là ! quelle histoire !

À peine le piano s'est-il tu que je me précipite dans l'escalier avant tout le monde. Je dégringole les marches et je fais irruption dans le vestiaire. Zita est déjà rhabillée. Elle s'apprête à partir.

– Zita...

Elle me décoche un regard dur :

– Qu'est-ce que tu veux... toi ?

TOI. Un pronom personnel méprisant... comme si je n'avais pas de prénom ! Mortifiée, je balbutie :

– Écoute...

– Quoi ?

Je ne réponds pas. Effectivement, je ne sais plus quoi dire. Ou plutôt comment le dire. J'aimerais qu'on se « défâche ». Mais ce souhait est-il réalisable ?

– Ras le bol ! siffle-t-elle. Dans cette école, y en a que pour toi ! C'est tout le temps Nina, Nina, et encore Nina !

– Je n'y peux rien !

– Tu n'y peux jamais rien, mais tu as toujours tout. Comment tu expliques ça ?

Et elle me bouscule pour passer, à l'instant où les Vertes entrent dans le vestiaire. Alice l'intercepte au passage, et... chuchote-que-je-te-chuchote au creux de l'oreille. Le visage de Zita s'éclaire. Je parie que l'autre lui a proposé de l'inviter, ou un truc dans le genre.

Complètement démontée, je m'abats sur le banc. J'essaie de prendre un air désinvolte, ou indifférent, mais c'est difficile. Encore plus lorsque cette peste de Julie vient se planter face à moi. Tournant et retournant dans sa bouche un bonbon à la menthe, elle me scrute, comme si elle étudiait une bête bizarre enfermée derrière les barreaux d'une cage.

Je finis par m'énerver :

– Tu veux ma photo ?

– Avec plaisir. Je commence une collection de... *Chouchoutes*.

Tout le monde rigole, sauf Victoria. Je hausse les épaules. À côté de l'attitude de Zita, les réflexions perfides de Mlle Langue-pointue sont de la gnognotte. Pourtant, je me sens mal. Je me déshabille et me rhabille sans un regard pour personne. Mais lorsque je me penche pour mettre mes chaussettes, le cœur d'or glisse au bout de sa chaîne ; il vient me frôler la joue.

Une caresse de Maman.

Elle est tout près de moi. Elle me protège. Elle a tout compris. Ces idiotes ne peuvent pas s'en douter. J'enfouis le médaillon sous mon pull. Et je pars, regonflée à bloc :

– À lundi.

N'empêche... ! Je suis bien contente d'avoir un jour et demi de battement. Un jour et demi sans Vertes : vive les vacances ! Moi aussi, j'en ai ras le bol, quelquefois !

Il m'attendra peut-être à l'accueil.

Quand j'arrive au pied de l'escalier, je jette un coup d'œil circulaire. Non. Pas de Mo.

– Hé ! je suis là, renifle Émile. Qu'est-ce que tu as à regarder partout ?

Je m'écrie – ça sonne faux :

– Ah ! je ne te voyais pas.

On se fraie un chemin dans la cohue. Devant nous, le bel Alex et Fanny s'en vont main dans la main, comme des fiancés. Élodie avait raison : il lui a déclaré son amour... ! Voilà qui explique pourquoi la

Rose fredonnait dans le vestiaire. Tout est clair... et qu'est-ce que je m'en fiche... !

Mo n'est pas dans la rue – non plus.

Laminée par le passage des voitures, la neige se transforme en une purée grisâtre qui fond déjà.

– Qu'est-ce que c'est triste... ! nasille Émile.

Il est enrhumé. Pour de bon. Et sûrement par ma faute, jugera Garance. Je dis d'un ton agacé :

– Si tu te mouchais ?

– J'ai pas de Kleenex.

Il m'énerve, et je ne sais même pas pourquoi. Je sais seulement que Mo ne m'a pas attendue.

– Dis donc, Émile, il a assisté à la leçon des garçons, Mo ?

– Oui. Enfin, aujourd'hui, il a juste regardé.

Je marmonne :

– En classique, il va avoir du mal.

Et je rentre dans ma coquille, ou plutôt dans mes pensées. Commencer à quinze ans, c'est un peu tard. Mais Mo pourra se faire une petite idée. De toute façon, il est tellement génial en hip-hop... !

On tourne le coin. Dans le passage, la neige tient encore un peu. Émile fait une glissade jusqu'à la porte de l'immeuble. Je grogne :

– Tu finiras patineur artistique...

Il me répond par un éternuement outragé. Et je le rejoins sans trop me presser. Je tiens à garder des chevilles en état de marche (si je dérapais bêtement ?)... et puis, je n'ai pas tellement envie de rentrer à la maison !

Quoique... Mo va peut-être me téléphoner... ? Vite ! je bouscule Émile :

– Remue-toi, ramollo !

On pousse la porte d'entrée...

Il est assis sur la première marche de l'escalier. Il me sourit. Mo. Je suis tellement contente que, une fois de plus, je reste toute glacée. Je dis à mi-voix :

– Tu m'attendais ?

La question idiote ! Ça le fait rire. Moi aussi.

– Pourquoi tu n'es pas resté au chaud à l'école ?

– J'ai pas osé. Le dragon me regardait d'un sale œil.

Je ris encore plus fort :

– Ça ne m'étonne pas.

– Monte chez nous ! s'écrie Émile.

Il se lève :

– Pas le temps. On répète avec Malik, cet après-midi.

– Qui c'est ?

– Mon prof de danse.

Mo me sourit :

– Et tu sais pas ? Il va donner des leçons de hip-hop chez Camargo pendant le stage.

– Ce ne sera pas toi ? Je croyais que...

– Non, je n'ai pas l'âge légal, mais je montrerai les pas indiqués par Malik.

Émile renifle :

– C'est super ! Je viendrai à tous les cours.

Il m'agace à s'immiscer dans notre conversation. Un moustique importun. Je braque sur lui un regard significatif... dont il n'a pas l'air de comprendre la signification, alors, je le pousse dans le dos :

– Vas-y ! Dis à ta maman que j'arrive.

– O.K., mais dépêche-toi, déjà qu'elle est de mauvaise humeur...

Il m'énerve, mais il m'énerve !

– J'arrive dans cinq minutes.

Il grimpe les marches d'un pas traînant. Lorsqu'il a disparu, je lève les yeux au ciel. Silence. Mo sourit :

– Tu as bien dansé ?

– J'espère !

On se regarde. Et, tendant la main, il l'appuie doucement sur ma joue, d'un geste hésitant, précautionneux. Ses doigts sont froids, un peu rêches. J'aime bien. Je mets ma main sur la sienne. On se regarde toujours.

Le temps s'arrête.

J'avance d'un pas vers Mo. Lui aussi. On est tout près.

Nos souffles se mêlent. Et une voix perçante tombe du ciel par la cage d'escalier :

– Ninaaa !

Oh ! zut ! Garance ! Je chuchote :

– Qu'est-ce qu'elle m'embête !...

Puis je glapis à son intention :

– J'arrive !

Et on s'embrasse à toute vitesse, Mo et moi.

– Tu me téléphones ?

– Ouais.

Je monte trois marches... je me retourne... je les redescends. On s'embrasse encore, vite, vite !

– Vas-y, chuchote-t-il.

Je file sans me retourner, quatre à quatre.

Il m'attendait... il m'attendait ! C'est trop génial !

Garance a laissé la porte entrouverte, j'entre. En la refermant, je me rends compte que j'ai encore oublié de réclamer à Mo son numéro de téléphone.

Au fond, qu'est-ce que ça fait ? Il me le donnera la prochaine fois.

10
En attendant demain

Fax à l'intention de
M. Olivier Fabbri
Nasser Road 12
Le Caire Égypte

Paris, le 4 février

Mon petit Papa chéri,

Ça y est ! Le fameux stage de février commence demain. Je suis drôlement contente ! Pendant une semaine, on va avoir cours avec des profs venus de l'extérieur. Une façon de « casser la routine », comme dit Mme Camargo, et de progresser. Tu as vu ma photo sur le dépliant ? J'espère que tu l'as bien reçu... et que tu es fier de ta Nina ! À côté, c'est Mo. Il est sympa, tu ne trouves pas ? Tu sais, les autres filles n'ont pas tellement apprécié que je sois choisie... et puis les choses se sont tassées !

Ça, ce n'est pas tout à fait vrai...

Je mordille pensivement le capuchon de mon stylo bille. Zita me fait toujours la tête, mais si je le raconte à Papa, il va s'inquiéter. Mon garde-fou à Paris, pour lui, c'est l'amitié des Gardel.

En soupirant, je me remets à écrire. Il y a des choses que je ne peux pas dire. C'est la distance qui veut ça. Quel dommage !

Tu me manques terriblement, mon petit Papa chéri. En lisant ta nouvelle adresse, j'essaie d'imaginer votre appartement, à Odile et à toi. Je me demande si vous avez vue sur le Nil, les Pyramides, ou le désert. Qu'est-ce que ce doit être chouette d'être sous les palmiers d'Égypte, entre une momie et un dromadaire apprivoisé (je rigole) !

Ce n'est pas juste qu'on soit séparés. La sépa-

ration devrait être réservée à ceux qui ne s'aiment pas. Même, on devrait faire une loi : « Il est interdit de séparer ceux qui s'aiment sous peine d'amende. »

Je resoupire. Ce coup-ci à fendre l'âme, comme dit Mme Suzette.

Mo...

Lui aussi me manque. Lui aussi est loin. Pas au Caire, mais presque ! Pour ce qu'on se voit, lui et moi ! Il m'a téléphoné, oui, une fois. Mais comme Garance était dans la cuisine, à deux pas du téléphone, j'étais mal à l'aise. Il a dû me prendre pour une gourde... ou, pire, une indifférente. Il n'a pas rappelé.

Heureusement... demain... le stage !

Du hip-hop chez Camargo ! Avec Mo en vedette. C'est trop génial... !

— Ninooooche...

Voilà Émile qui tambourine au battant ! Zut ! Dès que j'écris à Papa, il a le chic pour m'interrompre en faisant un boucan pas croyable !

— ... À taaable !

— J'en ai pour trois secondes... !

– Active ! le potage refroidit.

Qu'est-ce que je m'en fiche ! Finir ma lettre a plus d'importance qu'un bol de soupe, que je sache.

Mon petit Papa, une fois de plus, je dois te laisser pour aller dîner. J'aimerais être une sylphide pour me nourrir de gouttes de rosée... comme dans le ballet ! En fait, j'aimerais surtout qu'il y ait un peu de féerie dans la vie.

Quelquefois, je regarde ton vieux fauteuil vert, je ferme les yeux très fort, je compte un... deux... en me disant qu'à trois je vais te retrouver assis dedans. Un tour de magie, quoi ! Mais quand j'ouvre les yeux, je ne vois que mon fourbi habituel.

Finalement, il n'y a que sur une scène de théâtre que la vie devient féerique. Qu'est-ce que tu en penses ?

Je t'aime,

Ta Nina.

11
L'imprévu

Ce matin, l'école Camargo ressemble à une boîte à musique détraquée. Une sarabande de notes hétéroclites s'échappe par toutes ses fenêtres. Jazz, classique, ou folklore composent une symphonie inattendue et déconcertante[1].

C'est à cause du stage.

Quand nous arrivons, Émile et moi, cer-

---

1. Clin d'œil à la *symphonie concertante* : composition orchestrale à la fois *symphonie* (composition jouée par un orchestre comprenant un grand nombre de musiciens et une grande variété d'instruments) et *concerto* (un ou plusieurs solistes se joignent à l'orchestre).

tains cours ont déjà commencé dans les studios du bâtiment central, réservés à la clientèle extérieure. Et je trouve l'ambiance drôlement joyeuse ! L'accueil est envahi par des danseurs inconnus – de notre âge ou plus vieux – qui s'informent, s'inscrivent, et papotent.

– Ils vont me rendre chèvre... bougonne Mme Suzette.

Et, m'apercevant sur le seuil, elle m'attrape au vol :

– Tiens, tu tombes à pic, Nina Fabbri, donne-moi un coup de main.

Oui, je sais, étant boursière, je suis obligée de rendre service quand elle me le demande ; pourtant, tandis que ce lâcheur d'Émile déguerpit, j'essaie de protester :

– Si j'arrive en retard à la leçon de Maître Torelli... ?

– Il n'assurera pas le cours d'aujourd'hui, riposte-t-elle.

– Mais...

Elle me fusille du regard :

– Quoi ?

– ... il n'est pas malade, au moins ?

L'autre jour, il toussait tellement fort !

Si jamais ça l'a repris... ? En plus, mine de rien, il est très très vieux... La dame de confiance m'envoie balader :

– Occupe-toi de tes affaires, petite.

Mais ce sont *mes* affaires ! Serge Torelli est *mon* professeur. Je l'aime beaucoup. M'inquiéter de sa santé n'est pas une indiscrétion, je dirais même que c'est la moindre des gentillesses. Mme Suzette pourrait le comprendre. Quel cœur sec et archisec elle a !

J'interroge sans enthousiasme :

– Qu'est-ce que je dois faire ?

– Trouve-toi une chaise et remplis les bordereaux d'inscription pendant que moi j'encaisse. À deux, on ira plus vite.

Pas un siège libre dans l'entrée ! Je file dans le couloir où quelques pliants de secours sont entassés entre le mur et le distributeur de bonbons. En passant devant la porte entrouverte de Mme Camargo, je jette un coup d'œil à son bureau. J'ai drôlement envie de faire un petit bisou à Coppélia... mais... pas de chienne ! La directrice est seule ; elle téléphone. J'entends :

– Il faut absolument que vous veniez dès aujourd'hui et pour toute la durée du stage, sinon ce sera la catastrophe.

J'avais raison ! Maître Torelli est malade. Refoulant une brusque envie de pleurer, je vais chercher mon pliant. Je n'aime pas l'imprévu... quand il ressemble à ça ! D'un pas lourd, je rejoins Mme Suzette.

– Surtout ne te presse pas, me houspille-t-elle, il y a cinq personnes qui poireautent, mais on a tout notre temps !

J'ai le cœur trop gros pour lui répondre. Sans regarder quiconque, je m'installe sur mon pliant et je remplis sur un coin du bureau la fiche qu'elle me tend, en répétant à mi-voix :

– Nom : Fernon, prénom : Vivien, âge : 15 ans, niveau : base classique.

– Je viens pour les cours de hip-hop, avertit le susnommé.

Il va danser avec Mo ! Je relève la tête et je lui souris.

– Le hip-hop, je vous demande un peu, grommelle Mme Suzette, qu'est-ce qu'ils ont tous à s'inscrire à ce truc de sauvages [1]... ?

Décidément, elle y tient, à son expression idiote ! Qu'est-ce qu'elle m'énerve... ! Et, gênée, je repique du nez sur mon papier. Vivien Fernon paye.

– Le-vestiaire-des-garçons-est-au-premier-à-gauche, marmonne-t-elle comme un perroquet, tout en lui rendant la monnaie.

– O.K.

Il s'écarte en traînant par terre son gros sac. Je l'oublie, je me dis : « Mo... est-il déjà arrivé ? Viendra-t-il plus tard ? » En remplissant une autre fiche, je guette la porte vitrée...

À cet instant, la directrice vient parler à Mme Suzette :

– Tout est arrangé avec Piotr Ivanov, dit-elle, il sera ici dans une demi-heure. Barrez le nom de Maître Torelli sur le planning et mettez le sien à sa place.

Et voilà ! Balayé, l'ancien danseur étoile ! Du moins, pendant la semaine du stage. Ne pensant plus à surveiller la porte, je jette

1. Voir *Sur un air de hip-hop*, n° 4.

un regard noir à Natividad Camargo : c'est tout ce que ça lui fait, de remplacer son éternel *admireur* ?

Mais Mme Suzette lui demande tout bas :

– Il ne se sent pas trop mal ?

– Ça va, ça va... murmure-t-elle. Coppélia lui tient compagnie.

Et je remarque soudain son chignon ficelé de guingois, sa bouche décolorée. Je n'ai jamais vu Mme Camargo dans cet état : mal coiffée, pas maquillée. J'ai tout faux : elle a de la peine. Alors... tant pis pour l'indiscrétion ! Je m'informe :

– Maître Torelli ne reviendra plus ?

Elle se récrie :

– Il ne manquerait plus que ça ! Bien sûr, qu'il va revenir... !

Le soulagement ! Je pousse un de ces soupirs ! Ça va mieux ! Quelle idiote je suis : je crains toujours le pire. Vite ! je me dépêche de remplir une troisième fiche.

– Bonjour, madame Nati, bonjour, madame Suzette.

La voix des amoureux Camargo résonne dans le brouhaha. Voici Fanny-la-Rose et le bel Alex. Toujours main dans la main. On dirait une publicité pour la colle super-forte. Et derrière eux, je vois entrer... Non, pas la mère d'Alex, comme d'habitude, mais...

— Mo !

— Si tu t'occupais de ton travail, au lieu de faire la pipelette ? me réprimande la dame de confiance. La clientèle attend.

Je ne réponds rien. Je souris à Mo.

— Salut, Nina, me dit-il tout bas.

Mais il ne s'approche pas pour me faire un bisou. À cause des gens autour, je suppose... et je comprends ça ! Il n'est pas tout seul. Un grand type l'accompagne ; son prof de hip-hop. Je le reconnais, je l'ai rencontré à Aubry[1].

— Ça va, Mo ? s'enquiert Fanny-la-Rose, horriblement mielleuse, à mon avis.

De quel droit lui fait-elle ce sourire complice ? Mme Camargo les a peut-être présentés l'autre jour, mais ils ne sont pas encore les meilleurs amis du monde !

— Ça va ? répète en écho le bel Alex.

1. Voir *Le Garçon venu d'ailleurs*, n° 5.

Après avoir serré la main de Mo et de son prof, la directrice s'adresse à lui :

– Tu feras du hip-hop avec M. Malik, j'espère.

Le bel Alex s'étrangle :

– Du hip-hop ?

On dirait une autruche qui vient de gober une balle de tennis.

– Ça me ferait mal, la recrache-t-il. Je suis danseur classique, pas acrobate.

Mme Camargo hausse les épaules :

– Se frotter à d'autres disciplines est toujours profitable, mais... à ta guise !

Sur ces mots, elle repart dans son bureau. À mon avis, la cote de notre danseur n° 1 est en train de chuter.

– Tu es bête, lui dit Fanny. C'est super, le hip-hop !

Papillotant des cils à l'intention de Mo, elle ajoute, ou plutôt elle en rajoute :

– Moi, j'adôôôre.

– Tu connais ? lui demande-t-il.

– Oui, j'en ai vu à la télé.

– En vrai, c'est encore plus génial.

– Viens jeter un coup d'œil au cours, propose M. Malik.

Il ne pourrait pas se taire, celui-là ? Elle minaude :

– Avec plaisir !

Elle a de ces termes ! Après *enchantée*, voici *avec plaisir* ! Elle ne serait pas un peu cucul-la-praline, Fanny-la-Rose ?

Tiens ! Ça y est ! J'ai rempli cette fiche de travers. Je la déchire et je recommence.

– Sois un peu à ton affaire ! gronde Mme Suzette.

Ça lui va bien ! Elle ne perd pas une miette de la conversation entre Mo et sa chouchoute. Fanny-la-Rose a lâché la main d'Alex – la colle n'était pas si forte que ça – afin d'ôter son bonnet. Ses cheveux blonds se répandent sur ses épaules.

– De la soie... s'extasie à mi-voix son admiratrice.

Mo hoche la tête. Il est de l'avis du dragon... ou quoi ? Alors, une impression bizarre m'alourdit. Mo sourit à une blonde. Oui. Il lui sourit. Comme s'il trouvait, lui aussi, que ses cheveux étaient en soie.

Quelle sale journée !

Maître Torelli malade, ça ne suffisait

pas ? Et la voix de Mme Suzette me fait sursauter :

– Allez, Nina, Piotr Ivanov ne va pas tarder, tu peux monter t'habiller.

Je marmonne merci et je détale. Sans un regard pour Mo.

Ça lui apprendra !

Mais une fois dans l'escalier, je me demande : « Ça lui apprendra... quoi ? »

Je n'en sais rien. Et j'ai un de ces cafards !

12
Un prof russe

Piotr Ivanov remplace Maître Torelli pendant toute la semaine ! La nouvelle zigzague d'une Verte à l'autre.

– Je te crois pas.

– Va regarder le planning, et tu verras !

C'est le scoop du jour. Il détrône l'apparition du hip-hop à l'école. Je préfère. Si on me parle de Mo, j'aurai l'impression de le partager avec les autres, et je n'en ai pas envie – même un tout petit peu.

Pour être sûre qu'on me fiche la paix, je fais quelques exercices d'échauffement face à la barre, l'air hyperconcentrée. Nous sommes dans le grand studio Taglioni. Le début du stage et l'absence de Maître Torelli ont chamboulé notre ronron. Aujourd'hui, nous prenons le cours avec les grandes.

Ça fait du monde ! Dix Roses d'un côté, huit Vertes de l'autre. Chaque clan s'est déjà emparé d'une barre. Et, tapi derrière son piano, M. Marius tapote d'un doigt les touches ; une à une, elles laissent échapper un son bref, comme un petit cri triste.

Ça n'arrange pas mon cafard !

« Est-ce que M. Malik a commencé son cours et Mo ses démonstrations... ? Est-ce que je le verrai à la sortie... ? Est-ce que... Est-ce que... ? »

J'ai la cervelle en points d'interrogation. Je ferais mieux de penser à la danse. Je descends en grand plié. Lorsque je me redresse :

— Un prof de l'Opéra, c'est carrément génial, me souffle Victoria.

J'acquiesce mollement :

— Ouais...

En fait, moi, je regrette notre vieux maître. Mais on dirait que je suis la seule. Les filles sont aussi excitées qu'une portée de souris, à cause de Piotr Ivanov.

– Le top ! remarque Julie.

Je ne lui réponds pas. Dire qu'on est placées à côté, elle et moi... quelle malchance ! Nous aurions pu profiter du changement de prof pour changer de place aussi, mais, c'est drôle, aucune élève n'y a pensé ! On a gardé la même.

À travers le miroir, Mlle Langue-pointue me décoche son regard chafouin des grands jours. Attention, Nina, vacherie à l'approche !

– Lui, au moins, me susurre-t-elle, il n'aura pas de chouchoute.

Je reste sourde et muette. Inutile de m'abaisser à la hauteur de ce cancrelat ! Mme Camargo entre dans le studio, suivie d'un grand type brun. C'est lui ! Piotr Ivanov. Elle nous le présente avec un moulinet du bras (... de l'Opéra), mais on avait compris ! À côté de Maître Torelli, il fait presque jeune. Il dit en roulant les *r* :

– Bonjourrr, les filles...

Que c'est joli, cet accent ! Du coup, j'imagine tout un roman : un maître de bal-

let venu de Sibérie après des tas d'aventu-
res – un genre Noureïev[1]. L'émotion ! Pendant trente secondes, j'oublie de penser à
Mo.

– ... nous allons fairrre du bon trrravail !

Nous esquissons une petite révérence.
Mme Camargo s'éclipse. Soudain, j'ai un
peu le trac. Se retrouver face à un nouveau
professeur équivaut à passer un examen. Et
je dois le réussir en beauté. Il faut que cet
homme m'apprécie. Je redresse le dos,
j'étire le cou, je pense à Maître Torelli, à
ses conseils, ou à ses encouragements.

Et j'effleure le cœur d'or.

Pourvu que Piotr Ivanov me remarque !
Il ne me regarde pas (encore), il sourit à
Fanny-la-Rose :

– ... Du trrrès bon trrravail !

Elle lui renvoie un de ces sourires boo-
merangs... une vraie pub pour dentifrice !

1. *Noureïev* (Rudolph, 1938-1993), danseur et
chorégraphe d'origine soviétique, naturalisé autri-
chien. Il passa à l'Ouest en 1961 et travailla à
l'Opéra de Paris de 1983 à 1989.

Décidément... elle ne peut pas s'empêcher de faire son intéressante.

Qu'elle m'énerve !

Et dans le silence qui a envahi la pièce, j'entends soudain les pulsations d'une batterie. Mo est tout près, de l'autre côté du mur, peut-être ! Nous allons danser ensemble. Enfin... presque ! J'écoute. J'en oublie Piotr Ivanov.

Mo... !

– Fanny-la-Rose doit le connaître, me chuchote Victoria.

Je sursaute :

– Qui ?

– Ivanov, tiens !

Julie siffle entre ses dents :

– Évidemment, pauv' gourdes, ils ont déjà dû se rencontrer, son chéri prend des leçons particulières avec lui.

Émile aussi, quelquefois, je m'en souviens tout à coup, et je riposte trop fort :

– Qu'est-ce qu'on s'en fiche, de tes ragots !

La voix de Piotr Ivanov me cravache :

– Dis donc, toi, la brunette, tu te tais...

ou à la porrrte ! Dans la danse, on parrrle seulement avec ses jambes. Comprrris ?

Je reste saisie. On était trois... et je suis la seule à prendre ! Ce n'est pas juste. Je réussis à bredouiller une vague excuse. Ça commence bien !

– On y va ! lance-t-il. Pliés dans toutes les positions. Monsieur Marrrius... mousique !

Justement ! Je compte sur la musique pour me réconforter et me donner la rage de danser. Parce que... c'est horrible... je n'en ai pas envie. Du tout. Cela ne m'était jamais arrivé de ma vie. Mais je dois me forcer.

Les premiers accords s'égrènent comme de rafraîchissantes gouttes d'eau...

Et je me force.

Danse, Nina !

13
Je t'aime... bien

La leçon de Piotr Ivanov est finie. Tant mieux. J'ai eu du mal. Elle ne m'a pas amusée. Je me suis forcée, mais ce n'est pas pareil. Je suis tellement habituée à Maître Torelli, à son regard tendre et exigeant, que son remplaçant m'a déroutée. Il m'a presque ignorée. Je n'en reviens pas.

Je retourne au vestiaire en traînant les pieds.

– Y en avait que pour Fanny, rouspète Victoria en s'affalant à côté de moi.

Et elle sort de son sac une tablette de chocolat. Elle a besoin d'une petite consolation.

– T'en veux ?

– Non, merci.

– Moi, oui... réclame Julie en tendant la main.

Celle-là, alors ! Si elle ne fait pas de ragots, elle mendie ! Zita passe devant nous. Pas un regard, pas un mot. Alice la rejoint au fond du vestiaire :

– Comment tu as trouvé le cours ?

– Génial !

– Moi aussi.

Il est vrai que Piotr Ivanov s'est occupé d'elles... un peu plus que de nous. Oh ! à peine... mais un peu plus. Ça fait toute la différence.

Zita ajoute haut et fort :

– Au moins, on n'avait pas droit à la chouchoute habituelle !

Message reçu. Merci.

– Non, ce coup-ci, c'était Fanny, dit Élodie à la cantonade.

Les deux filles protestent :

– Mais c'est pas pareil...

– Piotr a de bonnes raisons !

– Elle est meilleure que nous, voilà tout.

– Parce qu'elle est plus vieille... geint Flavie en ôtant ses chaussons.

Et on se tait : Fanny entre.

– Y a plus de place chez les Roses ? s'enquiert perfidement Mlle Langue-pointue.

– T'occupe !

Là-dessus, tout en se déshabillant, la grande jette un coup d'œil triomphant à son reflet :

– La lala lère... se met-elle à fredonner.

Ça devient maladif ! Vic plaisante :

– Hé, Fanny, tu te prends pour un canari... ?

La comparaison est gentille ; personnellement, je trouve que la Rose possède plutôt une voix de corbeau enroué. Mais, sourde à la critique, elle vocalise avec obstination.

– La lala lère...

Je rigole, quoique... je n'en aie pas envie du tout. Ce matin, j'avais le cafard, maintenant, c'est pire... ! J'ai un poids sur l'estomac, un barbouillis d'énervement, une espèce de frustration... tout ça ensemble ! J'ignore le nom de ce mélange, mais il est si désagréable qu'il m'enlève tout désir de prendre un cours exceptionnel cet après-midi. Mme Camargo nous l'offre dans le cadre du stage, pour que nous rencontrions les profs venus à cette occasion. Je devrais en profiter... Je pourrais choisir, par exemple, entre une heure de caractère... ou de contemporain... mais non !

Je suis là, avachie, les pieds en dedans.

— Vous savez pas, les filles, s'écrie Amandine, moi, j'irais bien à la leçon de hip-hop... un de ces quatre !

Grêle de protestations !

— Oh ! l'autre... !

— Ce n'est pas fait pour nous !

— Et pourquoi pas ?

— J'en ai vu à la télé, des nanas qui dansaient ça !

— Elles devaient être chouettes, tiens, comme elle dit, ma mère, quand on est une jeune fille distinguée, on ne...

Je les laisse parler. À vrai dire, je me vois mal faire la *coupole*[1]. Mais assister à la leçon... pour être avec Mo... ça... j'aimerais bien.

1. Voir *Le Garçon venu d'ailleurs*, n° 5.

– En tout cas, moi, je vais y aller, annonce Fanny d'un ton important.

Je frémis. QUOI ?

– Pas pour danser le hip-hop, juste me faire une idée... Mme Camargo m'a dit que Mo était génial !

Comment ? La directrice lui parle de Mo, maintenant ? Je me demande bien pourquoi.

– Ça, il est su-per-gé-nial ! renchérit Victoria. On l'a vu à Aubry, hein, Nina ?

– Ouais.

Amandine s'écrie :

– Alors, si la Rose y va, moi aussi !

Julie et Élodie piaulent en même temps :

– Toutes ! on y va toutes !

– Chiche !

Et Flavie exhale un soupir :

– Pas moi, en tout cas. C'est pas mon genre.

– Ni le mien ! remarque Zita avec un petit rire. À mon avis, ce serait surtout celui de Nina.

– De Nina... pourquoi ? s'étonne Flavie.

– Je me comprends.

Moi aussi, je la comprends. Elle a dû

deviner – pour Mo. Et elle se moque de moi ! Les coins de sa bouche se relèvent méchamment :

– Enfin, chacun son mauvais goût...

Incrédule, je reste d'abord sans réaction. Elle ose me sortir... ça ? J'ai l'impression que mon cœur est un bout de papier qu'on déchire en deux morceaux.

Mais je dis, les dents serrées :

– Je sais très bien ce que tu penses, Zita.

Elle n'aime pas les *garçons venus d'ailleurs*. Voilà tout. C'est aussi bête que ça ! Et, comme explose un pétard, je me mets en colère, d'un coup. Je hurle :

– Tu es nulle ! Espèce de fille à papa !

– Et toi, ferme-la, espèce de... pauvre assistée !

C'est une gifle, une vraie. J'en ai les joues qui brûlent, et je vais la lui rendre. La main levée, je me précipite sur Zita, quand Alice se jette théâtralement entre nous :

– Arrêtez, les filles...

– Vous avez intérêt ! glapit une voix aigre.

Mme Suzette, à la porte du vestiaire, les

lunettes de travers ! Il ne manquait plus qu'elle.

– Qu'est-ce que c'est que ces manières ? On vous entend jusqu'à l'accueil !

Silence.

– Si ça continue, dit-elle, j'en référerai à Mme Camargo. Compris... Nina Fabbri ?

Toute tremblante – la dispute m'a drôlement secouée – je réponds oui ; ça lui suffit, elle s'en va. Moi, je me rhabille en un clin d'œil, j'attrape mon sac à dos. Dans trente secondes, je vais pleurer.

– Où tu vas ? s'alarme Victoria. Tu ne déjeunes pas ici, avec nous... ?

– Pas faim.

Et je sors.

Je fais irruption dans le couloir.

Quelle poisse ! il est envahi par un troupeau de garçons bruyants qui descendent du studio Nijinski, et se dirigent vers leur vestiaire. Connus ou inconnus, je les vois à travers un brouillard mouvant : je retiens mes larmes. Et je me faufile parmi eux sans regarder personne.

J'entends :

– Hé, Nina... !

Mais je ne m'arrête pas. D'ici que je me mette à pleurer devant tout le monde... ! Je me dépêche. L'escalier... l'accueil (pas de Mme Suzette : elle doit cafter chez la directrice)... la cour... la porte cochère...

Et la rue.

Je me mets à courir, comme si on cherchait à me rattraper. Je traverse au feu rouge. Où vais-je ? Je ne sais pas. N'importe où. Tout droit. Je file le long du quai.

J'aimerais tellement rentrer chez moi ! Vraiment. Chez les Legat, c'est un faux *chez-moi*, même si je n'y suis pas trop mal...

Ouille ! Un point de côté...

Je m'arrête, je m'accoude au parapet, et je renifle, les yeux fixés sur la Seine. J'ai froid. Pourtant, je ne bouge pas. Cet endroit me rappelle Mo[1]. C'est drôle... j'suis venue directement, sans le vouloir,

1. Voir *Le Garçon venu d'ailleurs*, n° 5.

comme s'il s'agissait d'un refuge. Mais peut-être que le souvenir en est un... ?

J'avais de la peine aussi, ce jour-là, et il m'avait consolée. Tandis que maintenant – et je ne peux plus m'empêcher de pleurer – je suis toute seule.

Au même moment, quelqu'un me frôle, une main se pose sur mon épaule. Je m'écarte, prête à crier.

– Nina... souffle Mo.

Je le regarde avec de grands yeux.

– C'est pas vrai !

– Je t'ai appelée, là-bas, tu m'as pas écouté.

Alors, il a couru derrière moi, à peine habillé du vieux survêt qu'il a mis pour le cours ! Il va attraper froid. Je dis :

– Après une bronchite, tu es fou, ou quoi ?

Et pour le réchauffer, je mets mes deux bras autour de lui. Je serre... un tout petit peu. Il est si mince, je sens ses côtes.

Il demande :

– Toi, qu'est-ce qui va pas ?

– C'est à cause de Zita...

À cette minute précise, j'ai oublié Fanny-la-Rose, et tous les tracas de ce samedi funeste, mais Zita, non. Pourtant, je n'ose pas répéter à Mo sa réflexion sur mon mauvais goût, puisqu'il était visé : ça pourrait lui faire de la peine. Je préfère résumer :

– ... je crois qu'elle me déteste.

– T'inquiète...

Il ajoute tout bas :

– ... moi, je t'aime... bien.

Et, à son tour, il m'entoure de ses bras. On est serrés l'un contre l'autre. Je n'ose plus bouger. J'entends nos deux cœurs qui font boum, boum, boum en même temps. Je ne savais pas que le cœur pouvait battre aussi fort.

Et Mo m'embrasse.

Pour de bon. Pas à la va-vite comme l'autre jour. Pour de bon, quoi !

Alors, qu'est-ce que je m'en fiche de Zita, Fanny, Piotr, et les autres... !

J'embrasse Mo.

Après, il murmure :

– Tu viens ? Je dois me dépêcher, la directrice m'attend.

– Pourquoi ?

Il marmonne :

– Comme ça... !

Mme Camargo s'intéresse vraiment à lui. C'est génial. Pourtant, il m'a donné la priorité, il a couru derrière moi pour me consoler ! C'est lui qui est génial ! Et je lui souris :

– Vas-y vite, je te suis !

Il part à toute allure, les épaules voûtées pour résister au froid. Je le regarde jusqu'à ce qu'il tourne le coin de la rue Gît-le-Cœur.

Moi aussi, je t'aime bien, Mo, tu sais ?

D'ailleurs, lorsqu'on embrasse un garçon, c'est pour cette raison, et c'était aussi ma façon de le lui dire. Il l'a compris... j'espère ?

En tout cas, quelqu'un qui vous aime... bien, ça donne tous les courages ! Cinq minutes plus tard, j'entre à l'accueil d'un pas ferme, la tête haute – genre dompteur pénétrant dans la cage aux lions. Mais je n'impressionne pas Mme Suzette, qui me met au tapis en trois coups de dents :

– De retour, Nina Fabbri ? Ce n'était pas la peine ! Tu es renvoyée jusqu'à lundi. Quand on quitte l'école sans prévenir, il y a toujours une sanction. Tu t'en souviendras.

Je chevrote :

– Mais c'est samedi... alors...

– Alors quoi ? C'est samedi de stage, tu étais tenue de rester ici.

Je la supplie :

– S'il vous plaît, madame Suzette...

– Ne discute pas et rentre chez toi.

Son index me désigne la porte vitrée. Je suis obligée d'obéir.

Je la déteste.

14
Une odeur de jasmin

L'horrible samedi... et l'affreux dimanche !

Je ressasse mes malheurs. Rien ne me
console. Même plus *Je t'aime... bien*. Renvoyée de Camargo, moi, Nina Fabbri !
Même pour une demi-journée, ça me paraît
inconcevable. Je n'en reviens pas.

Je reste aplatie sur mon lit. Je ne me suis
pas levée depuis hier soir, et l'après-midi
est bien avancé. En fait, j'attends un coup
de fil de Mo. Rien ne vient. Oh ! là, là !
Quel cafard ! Du salon me parvient la
musique de Tchaïkovski, mais elle m'éner-
verait plutôt, aujourd'hui !

Garance entrouvre la porte.

— Viens boire un peu de thé, mon chou, ça te fera du bien.

Si elle croit qu'une tasse d'eau chaude peut me guérir de tant d'injustice et de déceptions ! Je souffle :

— Non merci.

— Veux-tu que j'appelle la directrice... ?

— Pour quoi faire ?

Elle vient s'asseoir à mon chevet :

— Ton renvoi me paraît abusif, même si c'est le règlement. Pour un petit tour dans la rue...

Je rougis. J'ai donné à Garance une version des faits pour grandes personnes. Je n'ai pas parlé de Mo. Je dis :

— La crêpe Suzette ne peut pas me saquer. Voilà tout.

— Justement. Il faudrait que Mme Camargo soit mise au courant.

Je pousse un cri :

— Oh ! non ! On saura que je me suis plainte, tout le monde dira que je suis une fille à histoires, et ce sera pire.

Garance réfléchit, puis elle hoche la tête :

— Au fond, tu n'as pas tort.

— Il faut que je fasse avec, dis-je en me redressant. Avec la méchanceté de cette vieille bique, quoi !

Et s'il n'y avait que la sienne... ! Mais inutile d'inquiéter Garance. Elle me sourit :

— Je préfère cette attitude-là.

Je la regarde, étonnée. Et elle s'explique :

— Tu m'as inquiétée, Nina ! Toi si combative, devenue un bout de chiffon... ça ne te ressemblait pas !

Je frémis. Un bout de chiffon... l'horreur ! Je repousse la couette, et je me lève :

— Je vais prendre le thé avec toi.

— Volontiers. En fait, je m'ennuyais un peu toute seule.

C'est un petit mot gentil, mine de rien. Il faut être honnête : je suis plutôt bien, chez les Legat ! En enfilant ma robe de chambre, je demande :

— Et Mimile ?

— Devant *Casse-Noisette*.

— Ça m'aurait étonnée... !

On se met à rire. Et mon cafard se ratatine dans un coin. Enfin, pas complètement ; il bouge encore une patte ou deux...

Mo...

Il exagère. Il pourrait me téléphoner... non ?

Non.

Je reprends mon souffle.

Je suis toute droite dans le cercle de lumière, au milieu de la scène. La musique éclate. Je pique de la pointe. Mais... je ne peux pas... je ne peux plus danser !

– Maman !

Mon rêve.

J'en ai roulé au bord du lit. Un peu plus... je tombais. Remontant les jambes en chien de fusil, je me pelotonne sous la couette. J'ai froid.

Dans la chambre, le parfum du jasmin est entêtant, presque trop fort. Plus fort que jamais, je dirais. Je me demande une seconde si ses petites fleurs blanches s'ouvrent mieux pendant la nuit...

Et puis, je comprends...

Elle est là.

Une caresse imperceptible glisse sur ma joue...

– Maman... ?

Je voudrais parler, lui raconter – pour Mo – mais elle le sait déjà. Alors, je lui souris dans les ténèbres. Elle est de mon côté, elle le sera toujours.

Personne ne peut me faire du mal : elle est avec moi. Elle me protège de tout, à jamais.

L'odeur du jasmin m'enveloppe, délicieuse.

Je ferme les yeux.

– Maman...

15
Le Spectre et Mo

Gonflée à bloc !

Voilà comment je suis, aujourd'hui, en filant à l'école. Mo ne m'a pas téléphoné, mais je vais le voir là-bas. Alors...

Vas-y, Nina... *Quand même !*

– Tu m'excuses... ?

Je tressaille à la voix d'Émile ; j'avais complètement oublié sa présence, j'y suis tellement habituée ! Bientôt, je crois qu'on aura l'impression d'être vraiment de la même famille... et on s'adressera à peine la parole !

– ... je vais m'inscrire vite fait, d'ici qu'il n'y ait plus de place au hip-hop... !

Je prends mon ton de grande sœur :

– Il fallait le faire samedi.

– Oh ! Ça te va bien, les conseils !

Et il détale devant moi comme un zèbre. Je le suis... plus lentement. Gonflée à bloc... ? D'accord. Mais avec une pointe de trac. Ce n'est pas marrant de revenir après avoir été renvoyée... ne serait-ce qu'une demi-journée !

Tout à coup, ça commence même à me tarabuster.

Que dire... que faire ?

Rien, je crois. Autant rester naturelle, si j'y arrive.

Mais jamais la porte cochère ne m'a paru plus lourde. Je la pousse de toutes mes forces. Et... lorsque j'entre dans la cour de l'école Camargo, la musique me cueille à froid. Je pensais à autre chose, je ne m'y attendais pas, et je reste saisie.

L'Invitation à la valse[1]...

1. *L'Invitation à la valse*, de Carl Maria Von Weber (1786-1826), orchestré par Hector Berlioz (1803-1869), est la musique du ballet *Le Spectre de la rose*.

J'adore ! Toute petite, c'est en entendant ce morceau à la radio que je me suis mise à danser, comme ça, tout à coup, d'après ce que raconte Papa ! J'avais trois ou quatre ans, je ne savais même pas ce que signifiait le mot « danse », mais je dansais. Déjà. La danse, on l'a dans le sang ou pas ! Enfin... je crois. Moi, j'aime l'idée d'être ballerine depuis toujours... même si je travaille d'arrache-pied afin de le devenir pour de bon !

J'écoute.

J'oublie mes tracas. Les notes s'échappent par la vitre entrebâillée d'un studio ; elles viennent tournoyer autour de moi, elles m'entraînent... je ne peux pas leur résister !

J'esquisse quelques pas sur les pavés inégaux. C'est chouette ! Il y a des airs qui vous font danser presque malgré vous, même si ce n'est pas le moment !

Un gloussement m'interrompt. Je lève la tête. Oh ! zut ! Comme par hasard... Julie ! Penchée à la fenêtre du vestiaire, au premier étage – elle veut attraper la crève ? –, elle n'a rien perdu de mon improvisation.

– Alors, on s'y croit, Fabbri ?

L'andouille ! Elle ne mérite que mon dédain ! Muette et hautaine, j'entre à l'accueil. Là, je me force à sourire.

– Bonjour, madame Suzette.

– 'Jour, 'tite, marmonne-t-elle en continuant à pianoter sur le clavier de son ordinateur.

J'attendais une réception aigrelette, un rappel de mes bourdes... et son indifférence me surprend. C'est bête, sa froideur m'est toujours pénible – même, elle m'inquiète. Pour m'en débarrasser plus vite, je grimpe l'escalier quatre à quatre. La musique s'est tue. Dommage. En passant devant le vestiaire des garçons, je tends l'oreille.

Mo.

Est-il déjà arrivé ? Dans le brouhaha confus qui bourdonne derrière le battant, je ne reconnais pas sa voix. J'aimerais tellement le savoir là... tout près.

Je dis tout bas :

– Mo...

Son prénom me remplit le cœur comme un soupir très doux.

Et je pénètre dans le vestiaire des Vertes. Pas le temps de saluer toute la troupe, Julie-la-Peste m'agresse aussitôt :

– Si je comprends bien, tu cherches ENCORE à te faire remarquer... ?

Je hausse les épaules, les yeux au ciel.

– Fais pas l'innocente, s'énerve-t-elle. Tu disparais samedi, tu fais ta maligne dans la cour... c'est pour *Le Spectre*... hein ? Dis-le !

Je n'y comprends rien ! Que signifie ce charabia ?

– Le spectre... ? Quel spectre ? L'école est hantée, ou quoi ?

– Très drôle ! se moque-t-elle.

J'en perds mon calme :

– Ça veut dire quoi, tes sous-entendus ?

Et je jette un coup d'œil étonné aux Vertes. Mais aucune ne me répond. Et Victoria qui n'est pas là ! C'est bien ma chance. Il y a un silence bizarre, hostile, je dirais. Comme si, pour une fois, toutes les filles étaient du côté de Julie.

Sa voix monte en vrille dans l'aigu :

– Tu danses dehors pour qu'ON te voie et qu'ON te donne le rôle.

– Le rôle... ? Quel rôle ?

Elle ricane :

– Dis pas que t'es pas au courant !

Pour un peu, j'en pleurerais ! Non ! Je ne suis pas au courant ! Et ça va me retomber sur le dos !

– C'est vrai ? demande Zita. Tu ne sais rien ?

– Rien ! Rien du tout ! Je n'étais pas là samedi après-midi, vous n'avez pas remarqué ?

– Si. Même qu'on s'est dit qu'il y avait un truc là-dessous...

– Quel truc ?

– Un truc de chouchoute, m'assène Zita.

Je la regarde, meurtrie. Cette idiotie va durer longtemps ?

– On croyait que tu n'étais pas là parce que tu étais sûre d'être choisie... murmure Flavie.

Je perds mon calme :

– Choisie... ? Pour quoi ?

Et Alice m'annonce :

– Il paraît que Mme Camargo va remon-

ter *Le Spectre de la rose* [1]... version moderne...
avec le nouveau, le garçon du dépliant !

– Avec Mo, quoi ! précise Mlle Langue-
pointue... qui ajoute, perfide : Il t'a rien
dit ?

Comme quoi cette fouineuse est déjà au
courant de notre histoire... et je secoue la
tête. Non. Mo ne m'a rien raconté... Voilà
l'explication de *L'Invitation à la valse* que
je viens d'entendre. Mon *Invitation à la
valse.* Il va la danser ! Quoique... non ! Quel
ragot idiot ! C'est impossible !

– N'importe quoi ! dis-je. Il ne pourra
jamais danser du classique.

– Puisqu'on te dit que c'est une version
moderne.

– Du hip-hop, même.

Vaincue, je m'assois sur un banc, les jambes molles.

Il aurait pu m'en parler...

Et tout s'explique : sa venue à l'école
avant le stage, son rendez-vous samedi avec

1. *Le Spectre de la rose* : chorégraphié par Michel
Fokine (1880-1942) et dansé pour la première fois
à Monte-Carlo en 1911 par Nijinski et Karsavina.

Mme Camargo, et la façon privilégiée dont elle le traite...

– Le problème, c'est sa partenaire, dit Victoria.

– On ne sait pas qui ce sera.

– Et c'est le hic !

Je remarque :

– Ça, je m'en doute, si elle doit danser hip-hop... !

– Pas du tout ! On va mélanger les genres.

– La fille fera du classique, comme d'habitude.

J'en reste bouche bée. Mon estomac se crispe. Si c'était moi... ? Oh ! pourvu que ce soit moi... ! Non ! il faut que ce soit moi. Danser ensemble, c'est notre rêve. Enfin... c'est le mien !

L'énervement me poisse les paumes, je m'écrie :

– Si l'un est moderne et l'autre classique, comment on va se débrouiller pour le pas de deux ?

– On verra bien !

– Mais il paraît que c'est Piotr Ivanov qui va s'occuper de la chorégraphie.

Le scoop ! Je reste baba :

– Pas Maître Torelli ?

– Tu le vois en moderne ?

– En plus, il est HS, papy... ricane Julie.

Au rayon cœur sec, on pourrait la ranger sur la même étagère que Mme Suzette. Là-dessus, Victoria apparaît, rouge d'excitation :

– Vous savez pas ? La danseuse du *Spectre* est choisie !

Cri général :

– C'est qui ?

– J'ai pas vu ! Mme Suzette était en train de punaiser la note sur le tableau... et elle m'a envoyée balader !

Alice bondit sur ses pieds :

– Zut ! On ne va pas attendre après le cours... pour savoir !

Elle a raison ! Et on se rue vers l'escalier.

Dans le couloir du rez-de-chaussée, il y a foule. Les élèves se bousculent devant le tableau. Mais je parviens à lire les trois

lignes crachées par l'imprimante de
Mme Suzette :

Pour *Le Spectre de la rose,*
prochain spectacle de l'école,
M. Piotr Ivanov a choisi : Fanny Gosselin.

Voilà. Je ne danserai pas avec Mo. J'ai
froid.

— Y en a marre, dit Julie entre ses dents,
c'est toujours les mêmes qu'on prend !

Et le bel Alex fait une tête de chien à
qui on a volé son os. Moi, je ne dis rien.
Je savais que Mme Camargo considérait
Fanny-la-Rose comme l'étoile de l'école,
alors... j'aurais pu y penser ! Et puis ses *la
lala lère,* son air satisfait... tout s'éclaire !
Fanny-la-Rose était déjà au courant.

Elle va danser avec Mo. Pas moi.

J'en ai la nausée. Je remonte au vestiaire.
Et devant celui des garçons, Mo a l'air de
m'attendre :

— Ça va, Nina ?

Il me sourit. Pas moi. Je lui réponds :

— Laisse-moi.

— Qu'est-ce qui te prend ?

– Tu savais, pour la Rose... et tu ne m'as rien raconté.

Il a l'air embêté.

– La directrice m'avait dit : n'en parle à personne.

– Mais moi, je ne suis pas... personne !

Et je me précipite chez les Vertes.

Fâchée avec Mo. C'est l'horreur !

Je rentre chez moi après une journée cauchemar. Je n'ai fait que penser à ça, et je crois que j'ai mal dansé. Je suis nulle. J'espérais un peu qu'il m'attendrait dehors. Il n'y était pas. Il ne m'attendra plus jamais. C'est fini.

Je le sais.

Je monte l'escalier des Legat à pas lents. On dirait que j'ai cent dix ans. Je me sens seule, mais seule ! Garance est allée chercher Émile à l'école pour l'accompagner chez un copain. Ils me manquent un peu...

Non. Ce n'est pas vrai.

Il n'y a que Mo, à me manquer.

Épilogue

J'arrive sur le palier, et là...

Il y a un papier plié en quatre, glissé dans la rainure de la porte. Je l'attrape. On a écrit dessus au stylo bille rouge :

« Pour Nina. »

Je l'ouvre vite, je lis :

« Sois pas fâchée. Un jour, on dansera ensemble, je te promets.

Mo. »

Alors, j'éclate de rire. Mais c'est parce que j'ai très envie de pleurer. J'embrasse le petit bout de papier...

Demain...
On se verra demain !
Et j'entre dans la maison, en dansant.

FIN

Table des matières

Tu as aimé *Une Rose pour Mo*
Découvre vite DANSE ! n° 8
Coups de bec
[avec cet extrait]

... Voilà ! Je suis seule avec Julie-la-Peste
dans le vestiaire. Il faut en profiter. Je claque la porte derrière moi. Je m'adosse au
battant. Vite ! Je n'ai que cinq minutes.

– Qu'est-ce qui te prend, Nina ?

D'abord, je ne réponds pas. Ce qu'il me
prend... elle le sait, cette hypocrite ! La
colère me bourdonne dans les oreilles. En
même temps, j'ai presque peur. L'affreux
corbeau... c'est elle ! J'ai l'impression que
ma poitrine va éclater tellement mon cœur
bat fort. Un flot de sang me brûle les joues.
Julie se moque de moi :

– Tu es rouge comme un gratte-cul!

Et elle se tord :

– Oh ! ta tête... ! C'est une plante, idiote !

Peut-être, mais je ne suis pas ici pour parler de botanique. Je lui lance d'une voix perçante :

– Je m'en fiche de tes idioties ! C'est toi !

– Qui... quoi... moi ?

– Les lettres à Fanny, les coups de fil...

La fureur m'étrangle. J'avance d'un pas. Elle crie :

– T'es folle ?

Je lance, dents serrées :

– Arrête ton cinéma, Julie-la-Peste !

Si elle ignorait son surnom, la voilà fixée. Son visage pointu prend une couleur crayeuse. J'insiste :

– Les menaces, c'est toi !

– Nooon !

La menteuse ! Je marche vers elle... et je dois avoir une drôle d'expression parce qu'elle recule en couinant :

– Tu me détestes !

Ah ! elle est forte. Elle renverse les rôles comme pas une. Bientôt, tout va être ma faute : je l'accuse par antipathie. Mais sans me laisser désarçonner, je m'écrie :

– Laisse ça de côté ! On en parlera une autre fois... espèce de faux jeton !

Et l'indignation me jette sur elle. On dirait que quelqu'un me pousse dans le dos. Je l'empoigne par le bras, et je la secoue comme une branche dont on veut faire tomber les fruits ; elle geint :

– Aïe-aïe-aïe...

Je dois lui faire mal. Tant mieux.

– Pour une fois, tu vas dire la vérité... ou... ou...

Je vais la battre, la jeter par terre, la piétiner... lui arracher des aveux, coûte que coûte !

Et, par la porte soudain ouverte à la volée, j'entends :

– Non mais... ! ça va pas ?

Zita ! Tétanisée, j'en lâche Julie qui se laisse tomber sur le banc. Elle pleure. Et mon ex-meilleure amie se précipite pour la consoler. Ça me serre le cœur. Elle se met du côté de ma pire ennemie. En la prenant par les épaules, elle aboie dans ma direction :

– Tu es malade ou quoi ?

Je crie :

– C'est elle !

– Qui... elle ! De quoi tu parles ?

– Du corbeau !

Ce mot plane un instant dans la pièce avec ses ailes noires. Il y fait comme une ombre. Brusquement oppressées, on se regarde avec de grands yeux, toutes les trois. Puis Zita murmure :

– Quand même, Nina, tu ne manques pas d'air...

Elle me sourit, mais pas gentiment du tout.

– Le corbeau, c'est toi, dit-elle. Tout le monde le sait.

Et il y a un silence à couper au couteau...

Dans la même collection

Danse!

Cet ouvrage a été composé par
PCA - 44400 REZÉ

Imprimé en France par Brodard et Taupin
La Flèche (Sarthe) le 15.05.2000 - n° 2439

Dépôt légal : mars 2000

 12, avenue d'Italie • 75627 PARIS Cedex 13

Tél. : 01.44.16.05.00